SU INOCENTE CENICIENTA

Natalie Anderson

Editado por Harlequin Ibérica.
Una división de HarperCollins Ibérica, S.A.
Núñez de Balboa, 56
28001 Madrid

© 2018 Natalie Anderson
© 2020 Harlequin Ibérica, una división de HarperCollins Ibérica, S.A.
Su inocente cenicienta, n.º 2770 - 1.4.20
Título original: Awakening His Innocent Cinderella
Publicada originalmente por Harlequin Enterprises, Ltd.

I.S.B.N.: 978-84-1328-951-9
Depósito legal: M-3815-2020
Impreso en España por: BLACK PRINT
Fecha impresion para Argentina: 28.9.20
Distribuidor exclusivo para España: LOGISTA
Distribuidor para México: Distibuidora Intermex, S.A. de C.V.
Distribuidores para Argentina: Interior, DGP, S.A. Alvarado 2118.
Cap. Fed./Buenos Aires y Gran Buenos Aires, VACCARO HNOS.

MIXTO
Papel procedente de fuentes responsables
FSC® C108412
www.fsc.org

Capítulo 1

APARTÁNDOSE de la cara un mechón de pelo, Gracie James introdujo los últimos tres dígitos y esperó. Un bip electrónico sonó y la pesada verja de hierro forjado se abrió. Empujando la bicicleta, la llevó hasta el primero de los árboles que formaban la guardia de honor a lo largo de todo el camino. El resto lo hizo caminando, aprovechando la oportunidad de contemplar aquel lujoso escondite junto al lago Como. Los jardines eran ya soberbios, pero cuando el edificio apareció ante sus ojos…

Después de llevar cuatro meses en el precioso pueblo italiano de Bellezzo, creía ser ya inmune a la increíble arquitectura que Italia podía ofrecer, pero no podía equivocarse más. Villa Rosetta era una obra de arte de la simetría y el estilo, construida en el siglo XVIII. Con unas airosas arcadas, tres plantas de una piedra de color cálido, unas grandes ventanas y una torreta magnífica como remate, la luz del atardecer la hacía parecer mágica.

–Extraordinaria –susurró al llegar al borde del patio de mármol.

La villa se alquilaba a familias adineradas en busca de intimidad y lujo durante el verano italiano, pero en aquel momento llevaba cerrada un mes. Al parecer, el nuevo propietario había acometido reformas, lo cual había molestado bastante a los locales, ya que había prohibido el acceso a todo el mundo, y el contratista cuyos servicios había contratado era de fuera.

Nadie en Bellezzo sabía lo que había hecho, ahora que el trabajo estaba ya finalizado, pero corría el rumor de que no iba a volver a alquilarse, algo que también preocupaba a los lugareños, ya que el dinero que la *beautiful people* se gastaba a manos llenas era un gran beneficio para la comunidad, pero según decían, Rafael Vitale, agente de bolsa millonario y playboy irredento, tenía pensado organizar orgías allí. Gracie se rio en silencio. Qué ridiculez.

Al frente tenía la playa privada, y un canal privado que conducía a la preciosa casita para botes, pero se volvió a mirar los jardines una vez más, lo cual era la razón de su visita. En la primera terraza, había una piscina y un spa rodeados por un césped impoluto, con media docena de tumbonas colocadas al borde. Aquel agua de un azul impecable era otra tentación. Nadie se enteraría si se daba un chapuzoncito. Miró el reloj y caminó sobre la hierba.

Oculta detrás de los arbustos perfectamente recortados, en la siguiente terraza, estaba la famosa rosaleda: docenas de rosales plantados de un modo engañosamente descuidado, romántico, fascinante y absolutamente maravilloso. Ahora entendía bien por qué su vecino de más edad, Alex Peterson, estaba desesperado porque alguien fuera a echarles un vistazo.

Había conocido a aquel viudo el primer día de su estancia en Bellezzo. Vivía en el bajo de un pequeño edificio de apartamentos en el que ella había alquilado el suyo, y se había detenido a contemplar las rosas que crecían en macetas delante de la puerta. Así habían empezado a charlar.

Alex era un expatriado como ella. Se había casado con una italiana y habían vivido junto al lago cincuenta años, hasta que la muerte se la llevó once meses atrás, de modo que ahora su vida giraba en torno a las rosas que disfrutaba creando, ejemplares de delicado perfume y numerosos pétalos, y al mismo tiempo evitando los emparejamientos en que la comunidad parecía empeñada en meterlo.

Gracie había adquirido la costumbre de llevarle todas las tardes, a la hora de su descanso, un pastelito del café en el que trabajaba, Bar *Pasticceria* Zullo. Pero el pobre había pillado la gripe en pleno verano y estaba preocupado por las preciosas rosas que llevaba décadas cuidando, ya que se temía que aquel intenso calor las marchitase.

Buscó la manguera y pasó por lo menos cinco minutos intentando engancharla al grifo. Desde luego lo suyo no era la jardinería, pero al final, lo logró. Luego llamó a su amigo, porque estaba tardando demasiado.

–Alex, soy Gracie. Estoy en la villa. Las rosas están perfectas. Voy a regarlas y vuelvo.

–¿Qué aspecto tienen?

–Perfecto. Les hago una foto.

–No te preocupes. Tú vete al pueblo.

Gracie sonrió.

–No pienso dejarte solo más de lo imprescindible hasta que estés bien.

–No estoy solo. Sofía ha venido hace diez minutos con seis tuppers de minestrone, y creo que no se va a ir hasta que me los haya comido todos. No sé por qué se molesta. No estoy tan enfermo.

Sofía era prima de Francesca, la jefa de Gracie.

–Esconde unos cuantos entre las rosas.

–Vete al pueblo –insistió–. Disfruta del festival. Es la primera vez que lo ves. Tiene unos bonitos fuegos artificiales.

–¿Estás seguro?

–¡Pues claro! –suspiró–. Sofía se ha acomodado, y no voy a poder deshacerme de ella hasta el año que viene.

–Bueno… pasaré a verte por la mañana.

–No madrugues mucho, que tú te levantas aún antes que yo.

Esos eran los peligros de trabajar el primero y el último turno en Bar *Pasticceria* Zullo, pero trabajar tan duro para ganarse el respeto y el arraigo valía la pena, y era más feliz que nunca.

–Entonces, te veré cuando acabe el primer turno.

–Estaré esperándote. Gracias, Gracie.

–Es un placer, Alex.

Parecía estar mucho mejor y eso la alegró, así que tomó la foto de todos modos. Se la enseñaría al día siguiente.

En cuanto llegara de vuelta al pueblo, se pasaría por la *pasticceria* para comer algo. Aquella noche se celebraba el festival anual de Bellezzo, en el que se depositaban farolillos sobre las aguas del lago, había música y baile, fuegos artificiales, comida, familias, diversión… todo lo que ella nunca había conocido.

Habría turistas, por supuesto, multitud de ellos, pero se negaba a considerarse uno más. Ella era local, con un hogar en el pueblo, y estaba decidida a quedarse. Después de una infancia de pesadilla en la que había tenido que reconstruirlo de manera constante, estaba disfrutando verdaderamente del placer de tener un lugar al que llamar hogar y, aunque no tenía familia allí, tenía un amigo que la necesitaba, y esa sensación le llenaba muchísimo.

Abrió el grifo de la manguera, y la fuerza del agua la pilló desprevenida. Riéndose, la sujetó con más fuerza, y regó profusamente cada rosal.

Una mano le cayó de pronto sobre un hombro por detrás, una mano dura y pesada, y tan inesperada que la hizo gritar y girarse empuñando la manguera como si fuera un rifle. Lo único que pudo ver al otro lado de la cortina de agua fue una forma masculina.

−¿Qué haces? –le gritó.

−¿Qué haces tú? –contestó él.

De un tirón le quitó la manguera, pero se enredó y acabó lanzándole un chorro de agua al estómago.

Sin aliento, Gracie miró a su asaltante. Estaba empapado. Había echado a perder el esmoquin que llevaba puesto. El esmoquin…

−¿Por qué me has enchufado con la manguera? –preguntó él, pasándose la mano por la cara.

Sin pensar en lo que hacía, se le acercó e intentó barrer con las manos el agua que empapaba su traje, hasta que se dio cuenta de que él ya no hacía lo mismo, sino que permanecía inmóvil. Ella también se estuvo quieta, terriblemente avergonzada y poco a poco, de mala gana, levantó la mirada.

Se encontró con unos ojos tan marrones que resultaban casi negros, y de largas pestañas. Pestañas superlativas. No podía ser de otro modo, si querían hacer juego con el resto de su persona. ¿Y los pómulos? Se podrían usar como cuchillos.

−Lo siento –dijo, limpiándose las manos en los pantalones. Ojalá volviera a mojarla, porque tenía tanto calor en aquel momento que le sorprendía que la blusa no echase vapor. Sabía quién era aquel hombre. Francesca le había enseñado una foto en el periódico local, donde se hablaba de la venta de la villa. No había entendido qué decía el pie de foto, pero esos pómulos eran inolvidables. Rafael Vitale. El millonario aficionado a las orgías en persona.

−Se suponía que no estabas –dijo.

−Eso lo debería decir yo –replicó–. Esta es mi casa. Eres tú la intrusa.

−Lo siento mucho –se disculpó sonriendo–. No esperaba que estuvieras.

−Ya lo veo.

No le devolvió la sonrisa.

Rafael Vitale era mucho más que cualquier otro hombre al que conociera: más alto, más guapo, mejor vestido…

–Estás empapado. Lo siento –el agua seguía chorreando de él–. ¿Estás… bien?

–No –replicó, y se quitó la chaqueta.

Paralizada, Gracie lo miró boquiabierta. Tenía la camisa literalmente pegada al cuerpo, con lo que podía ver las montañitas que hacían sus músculos, que eran muchas. Era un hombre muy fornido, tan guapo que te quedabas embobada al mirarlo, pero tan intimidante que le provocó una risilla nerviosa. Él dejó un segundo de sacudir la chaqueta y le dedicó una mirada mucho menos impresionada que la suya.

Gracie se tapó la boca con la mano. Tenía que dejar de mirarlo, pero es que no podía. ¿Era así la atracción instantánea? ¿Lujuria a primera vista? Su reacción la estaba haciendo sentirse rara. Era comprensible que fuera un mujeriego, si todas tenían la misma reacción que ella. Si buscaba con quien compartir cama, tendría dónde elegir. ¡Demonios! ¡Tenía que centrarse!

Quiso alejarse de él, pero la hierba estaba mojada y resbaló, clavando una rodilla en la tierra.

En aquella ocasión, notó que la sujetaba por un codo y, sin esfuerzo aparente, la ayudó a levantarse, pero aquellas estúpidas sandalias volvieron a resbalar y acabó pegada a su cuerpo. Le rodeó la cintura con un brazo y la apretó contra él. Mucho. Demasiado. Sus músculos resultaron ser más duros de lo que parecían. Y más calientes.

Muerta de vergüenza, no era capaz de mirarlo. La rodilla le dolía, pero la cercanía a aquella perfección física le estaba proporcionando la anestesia más increíble. Vagamente se le pasó por la cabeza que su olor a madera debería embotellarse y utilizarse en las intervenciones quirúrgicas de cualquier hospital.

—¿Estás bien? —preguntó.

Pensaría que era una simple. Y una inútil. Intentó cargar su peso en un pie e hizo una mueca de dolor. Un segundo después, estaba en sus brazos, pegada a su pecho, unos brazos tan fuertes como sospechaba. Menos mal que el contacto logró poner en marcha su proceso de pensamiento.

—Bájame —le dijo, tensa.

—¿Y que vuelvas a escurrirte y te partas la cabeza? —replicó él, caminando con ella hacia la villa—. Eres un peligro inminente, y no solo para ti. Cuanto antes estés fuera de mi propiedad, mejor.

—¿Piensas llevarme así hasta la verja?

No pudo evitar que se le escapara otra risita.

—¿Estás histérica?

—No —contestó, y respiró hondo—. Lo que estoy es muerta de vergüenza. Me río para serenarme. Lo siento —y mirándolo intentó sonreír—. Es mejor que llorar.

—Eso es cierto. No me gustaría tener a una intrusa llorona entre manos —subió la escalinata y entró al maravilloso recibidor—. Soy Rafael Vitale.

—Me lo había imaginado.

—¿Y tú eres?

Tomó un largo corredor para llegar a una inmensa cocina y soltarla sin mucha ceremonia sobre una mesa. Fascinada, Gracie contempló el brillante equipamiento.

—¡Vaya! —murmuró—. Lo último de lo último.

Él miró brevemente a su alrededor antes de preguntar:

—¿Te duele?

—¿Qué? Ah, la rodilla. La vergüenza me la ha dejado dormida.

Intentó mirar a otro lado que no fuera a él, pero estaba tan cerca y era tan guapo que su atención era como el metal para su magnetismo.

–Muy útil. Pondremos hielo para que no se inflame.

Se acercó al frigorífico y presionó algunos botones antes de volver con hielo en un vaso y un paño limpio.

–Menudo frigorífico. Toda la cocina es impresionante –siguió hablando–. Es más grande que la que tenemos en la pastelería. Podrías cocinar aquí para dar de comer a un ejército. O mejor, necesitarías un ejército para poner en marcha todos estos aparatos al mismo tiempo.

Él siguió sin contestar. Estaba ocupado poniendo el hielo en el paño y Gracie se estremeció antes de que se lo hubiera acercado, pero al mismo tiempo la vergüenza le hacía sudar.

–Se suponía que no estarías aquí –le explicó cuando se agachó delante de ella para aplicarle el hielo–. Me dijeron que no habría nadie hasta mañana.

–¿Siempre hablas tanto cuando estás nerviosa?

–Normalmente, no.

Solía quedarse callada. Había aprendido tiempo atrás que hablar demasiado podía hacer que se te escaparan secretos, y que era un hábito difícil de erradicar.

–No está tan mal la rodilla. No hace falta que sigas poniéndome hielo. Estoy bien.

Pero él presionó aún más.

–Toma. Sujeta.

Mortificada al comprobar que lo último que él quería era estar sosteniendo el hielo en su rodilla, rápidamente bajó el brazo y, sin querer, le golpeó la mano.

–Perdona –murmuró, asediada de nuevo por la vergüenza. Si fuera un gato, ya habría apurado la última de sus siete vidas.

Se apartó un mechón de pelo empapado e intentó no pensar en que Rafael Vitale se estaba quitando la camisa mojada. Diez segundos después, ya no la llevaba puesta. La boca se le quedó seca. Tenía el pecho de bronce y, tal y como sospechaba, unos músculos ultra definidos y un caminito de vello que se perdía más allá de la cinturilla de sus perfectos pantalones negros de traje. Era, oficialmente, un ángel viviente. Cuando le vio volverse, se llevó el paquete de hielo a las mejillas, que le ardían, y buscó frenéticamente en la memoria lo que Francesca le había contado sobre él.

Rafael Vitale había ganado millones con una clase de transacciones financieras que ella no tenía el más mínimo deseo de comprender, y ahora estaba amasando un imperio inmobiliario. Otra cosa que nunca comprendería. Ella solo deseaba poseer un lugar al que pudiese llamar hogar, y con eso sería la más feliz del mundo.

Y si las páginas web que leía Francesca eran de fiar, salía con modelos y aristócratas, o con las aristócratas que eran modelos. En cualquier caso, un suministro interminable de mujeres con las mejores conexiones para que le calentasen la cama y viéndolo en carne y hueso, más en carne que en hueso, podía comprenderlo perfectamente.

—¿Por qué sacaste una foto?

Sorprendida, lo miró. Había sacado la foto antes de empezar a regar las rosas. ¿Cuánto tiempo llevaría observándola?

—Quería demostrar que estaban bien.

—¿El qué y a quién?

—A Alex. Las rosas.

—¿Quién es Alex?

—¿No lo conoces?

—Imagino que es el cuidador, ¿no? Es la primera vez que vengo a la villa —explicó, sin dejar de mirarla a la cara.

—¿No has estado nunca aquí? ¿La compraste sin

verla, y encargaste los trabajos de restauración sin saber nada de la casa?

Su falta de respuesta lo confirmó.

—Vaya…

—¿De verdad todo esto es por las rosas?

—¡Pues claro! ¿Por qué otra razón iba a estar aquí?

No contestó, y eso despertó sus sospechas.

—¿Has pensado que estaba aquí para… para poder conocerte?

¡Aquel tío era un arrogante!

—No serías la primera mujer que se cuela en una de mis propiedades.

—Yo no me he colado.

—Cuestión de semántica —replicó, apoyándose en un banco. Parecía divertido—. La mayoría intenta entrar en mi dormitorio.

—Yo no soy una acosadora.

—Me alegro de saberlo —replicó, ladeando la cabeza.

Una extraña sensación le recorrió la espina dorsal. No estaba segura de confiar en aquella mirada, lo mismo que tampoco confiaba en el ritmo frenético que se había apoderado de su pulso.

—Será mejor que te cambies de ropa —le sugirió, con la esperanza de que se cubriera rápidamente—. Es obvio que tenías que irte a alguna parte, y yo tengo que volver al pueblo.

Y, apoyándose en las manos, se fue escurriendo hasta el borde de la mesa.

—¿Cómo te llamas?

La pregunta era normal, totalmente inocua y, sin embargo, el corazón se le disparó. Había dado tantas respuestas distintas a esa pregunta en su infancia… durante más de una década, no había podido darle a nadie su nombre verdadero. Mentiras, mentiras y más mentiras.

«Es por tu seguridad, cariño. Para que podamos estar juntas».

Esconderse había supuesto estar en movimiento constante. Respiró hondo y se deshizo de la melancolía del pasado. Ahora había elegido un nuevo nombre y un apellido, pero por una razón que no lograba identificar, no quería decírselo.

Por primera vez, le vio sonreír de verdad, un gesto que le hizo dejar de ser un ángel caído a un héroe de la gran pantalla. No iba a poder contestarle porque no podía hablar.

—¿Qué más da? —se respondió él—. No vas a volver a verme.

—Cierto. Es verdad, aunque la cuestión es que… —se mordió un labio—, que vas a tener que verme. Voy a hacer el trabajo de Alex durante unos cuantos días.

La sonrisa se desvaneció.

—¿Regando las rosas?

—Sí.

—Utiliza un sistema automático —espetó.

—Es que son como sus bebés —replicó, molesta—. ¿Utilizarías un sistema automático de alimentación para tus bebés?

—Es algo que no tengo pensado plantearme —se incorporó con los brazos en jarras, lo que volvió a llamar la atención de Gracie a su físico escultórico—. ¿Por qué le haces el trabajo?

—Porque no se encuentra bien. Tiene gripe.

—Estamos en pleno verano…

—Es que es mayor.

—¿Puede trabajar?

—Por supuesto que puede —espetó, mirándolo desafiante. No se hacía una idea de la suerte que tenía con que Alex trabajase en la villa.

—Tiene la cabeza un poco perdida —replicó él con

suma frialdad–. No debería haberte dado el código de seguridad para abrir la verja.

–No quería que tus preciosas flores se frieran con este calor. Ha hecho lo que le ha parecido que era lo mejor.

–Todos los empleados de esta casa tienen instrucciones estrictas de mantener la seguridad de la casa por encima de todo, y eso incluye no darle el código de acceso a cualquiera.

Gracie ignoró lo mal que le sentó que se refiriese a ella como cualquiera.

–Adora sus rosas. Lleva toda la vida cuidándolas.

–A mí me importan un comino las rosas…

–Eso es evidente.

–Lo que me importa es mi intimidad. Y mi seguridad.

–Así que no quieres que la gente normal pueda poner un pie en tu espacio, o que alguna fanática se pueda colar en tu cama, ¿eh?

Ojalá no hubiera hecho ese comentario. La imagen que había suscitado no era fácil de ignorar.

–Exacto –sonrió–. No quiero que me molesten.

–Bien, pues si dejas que me vaya, no te molestaré más. Vendré a ocuparme de las rosas cuando sepa con seguridad que no hay nadie.

–Demasiado tarde –dijo, plantándose delante de ella–. Ya me has molestado.

Su tono la puso en tensión.

–¿De dónde eres? ¿Por qué estás aquí?

–Ya te lo he dicho.

–Has hablado un montón, pero apenas has dicho nada.

Ignorando su cercanía, se bajó de la mesa de la cocina y probó la rodilla. No estaba muy mal, afortunadamente.

–Mira, estoy bien. Me marcho.

–No.

No se había acercado más, pero parecía estar bloqueando el camino de salida.

–¿Por qué no?

Para evitar seguir con la mirada clavada en su pecho desnudo, no le quedó más remedio que mirarlo a la cara. Condenado… qué guapo era.

–Llego tarde a una fiesta, y voy a necesitar una buena razón para haberme retrasado tanto.

–Diles la verdad –se encogió de hombros–. Es lo más fácil.

–¿Me aconsejas sinceridad?

–Claro. Siempre.

–¿Siempre eres sincera?

Era imposible que su tono fuera más burlón.

–Por supuesto –replicó, cruzándose de brazos.

–¡Nadie es sincero del todo! –se rio.

–Pues yo lo soy.

Había jurado no volver a mentir nunca. Ya había tenido que hacerlo demasiado en el pasado.

–La gente miente constantemente, por buenas y por malas razones –sonrió–, pero dado que a ti se te da tan bien la sinceridad, puedes venir conmigo y contarles la verdad.

Capítulo 2

GRACIE parpadeó varias veces.

—No voy a ir contigo.

—Es en el *Palazzo* Chiara —añadió—. ¿Lo has visto? Hace que esta casa parezca minúscula.

Había visto el *Palazzo* Chiara desde un barco turístico que recorría el lago cuando llegó a la zona. Aquella finca gigantesca había sido transformada en un hotel de lujo, por el que héroes de la gran pantalla, acaudalados jeques y oligarcas pagaban literalmente miles de dólares por pasar tan solo una noche.

—Creo que tiene una vista maravillosa de los fuegos artificiales y los farolillos.

Lo miró entornando los ojos. Había estado escuchando su conversación con Alex.

—Puedo ver los fuegos desde el pueblo.

Podía ser el hombre más guapo que había visto en la vida, pero tenía el defecto que, inevitablemente, acompañaba al dinero y la belleza: estaba acostumbrado a que todo se hiciera como él dijese. Pero en aquella ocasión, había dado en hueso.

—Eres una turista. ¿No quieres ver cómo es una fiesta de la élite en un lugar así?

—¿Llena de gente de la élite tan arrogante como tú? —espetó—. No me apetece lo más mínimo.

—Ninguno es tan arrogante como yo —replicó él, sonriendo—. Considéralo otra experiencia de tu viaje.

—¿Debería sentirme agradecida por la oportunidad?

—La mayoría lo estaría.

—Pues para tu desgracia, yo no soy como la mayoría, y no quiero tener otra experiencia contigo. Mi madre me dijo que no debía montarme en el coche con desconocidos.

Y era literal. Día tras día, su madre le había hecho aquella advertencia siendo niña. Tenía tanto miedo de que los pillaran, de que la secuestraran y la apartasen de su lado…

—Pero ya no soy un desconocido. Ahora sabes quién soy. Y te he curado la rodilla.

—Razón de más para decir que no.

Él enarcó las cejas.

—¿Mi reputación me precede? ¿Qué es lo peor que podría hacer? —su sonrisa era maliciosa—. No creo que fuera tan horrible.

—¿Se puede saber por qué quieres que vaya contigo?

—Porque va a ser muy aburrido, y tenerte a ti allí puede que lo haga más entretenido.

—¿Quieres que sea tu bufón, o tu chihuahua? —elevó al cielo la mirada—. Ni lo sueñes.

—¿Acabas de referirte a ti misma como a una perra?

Abrió la boca para contestar, pero la cerró.

—Tengo un trabajo que terminar aquí.

—Los dos sabemos que tu trabajo aquí ya está terminado.

—Por hoy —puntualizó—. Se lo he prometido a Alex, que es muy mayor y no se merece tener que estar preocupado.

—Si tan mayor es, ¿no se merece la libertad de la jubilación?

—Adora estas rosas. ¿No hay nada que ames por encima de todo?

Una sombra cruzó brevemente su cara.

—No me siento ligado a ningún sitio en particular, y menos aún a una persona.

–Pues hay mucha gente que sí lo está, y además les gusta estarlo. Alex ha puesto en manos de esa empresa de mantenimiento que te empeñas en que venga del más allá el resto del jardín, pero la rosaleda es un diseño suyo. La plantó él y la ha hecho crecer. Es su tesoro. Plantó todos esos rosales para su difunta esposa.

–En la propiedad de otra persona –puntualizó–. Si no vienes conmigo, ve y dile a tu Alex que sus servicios ya no son necesarios aquí.

Gracie lo miró boquiabierta. ¿Cómo podía ser tan insensible?

–¿De verdad estás dispuesto a quitarle el trabajo si no asisto a esa estúpida fiesta?

Él sonrió.

–Pues sí que debes tener miedo a ir solo si tienes que recurrir a las amenazas.

–No me da miedo pelear por lo que quiero.

–Y tampoco te da miedo jugar sucio –replicó–. Veo que para ti, el fin justifica los medios.

–No siempre, pero con frecuencia.

–¿Y tú sueles presionar a la gente con frecuencia para conseguir lo que te propones?

–En general lo que quiero lo compro, pero no he querido ofenderte ofreciéndote dinero.

Ella lo miró con desdén.

–¿Y qué tal si lo pidieras amablemente?

Él suspiró.

–¿Querrías venir a la fiesta conmigo? Soy nuevo en la ciudad y no me apetece ir solo.

¿Inseguro un tío como él? Eso era infumable.

–¿Quieres que vaya contigo con la falda mojada y una herida en la rodilla? –negó con la cabeza–. Me voy a Bellezzo para ver el festival en la playa.

–Puedo ocuparme de la ropa.

–¿Cómo dices?

Su sonrisa era ya abiertamente perversa, y volvió a tomarla en brazos.

–¿Qué haces? ¡Esto es acoso! –exclamó, al sentirse pegada a su piel desnuda y caliente.

–¿Qué? Esto es un comportamiento caballeresco. He rescatado a una damisela en apuros –respondió mientras atravesaban un salón–. Lo menos que puedes hacer a cambio es regalarme unas cuantas horas de tu precioso tiempo. Y ahora… –la dejó sentada en un sillón y señaló un rincón–. ¿Qué opinas de estos?

Gracie miró boquiabierta. Había dos percheros llenos de ropa de mujer.

–¿Tienes un suministro de vestidos de noche para ocasiones como esta? ¿Te gusta vestir a las mujeres?

Algo brilló en su mirada y supo la respuesta. Lo que le gustaba era desvestirlas.

–Mañana se va a celebrar en la villa una sesión fotográfica de moda. Estos son los vestidos que se van a utilizar.

¿Una sesión de fotos? ¿Modelos?

–¡Yo no voy a caber en ninguno de ellos!

–Seguro que encontramos algo adecuado –respondió, mirándola de arriba abajo.

–Valdrán una fortuna. ¿Y si lo estropeo?

–Si quieres que Alex mantenga su trabajo y sus rosas, te meterás en uno de estos vestidos y te vendrás conmigo. Que no te estoy pidiendo matrimonio. Solo es una fiesta.

–Si solo es una fiesta, ¿por qué no puedes ir solo? ¿Es que va a haber alguien a quien te da miedo ver? –la idea le gustó–. ¿Una ex?

–Esta noche, creo que no –respondió, adoptando una pose como si pensara–. Puede que necesite una armadura.

–¿Por las acosadoras? Qué va. Las espantarías como moscas.

–Ya te he dado la razón –suspiró–. Me aburro con facilidad. Necesito una distracción.

–¿Te aburres con facilidad? Te compadezco. La gente que tiene una buena imaginación no se aburre nunca.

–Yo tengo imaginación, aunque creo que sería mejor que no la utilizase en este momento. ¿Cómo decías que te llamabas? Podría llamar a la policía, ¿sabes? Te has colado en una propiedad privada.

Tuvo que claudicar.

–Grace James.

–Grace –repitió, ofreciéndole la mano–. Es un placer conocerte.

No le pareció bien negarle el apretón de manos, sobre todo cuando llevaba veinte minutos llevándola en brazos por toda la casa, pero no estaba preparada para la descarga de electricidad que le recorrió el cuerpo en cuanto sus manos se tocaron. Rápidamente se soltó, y escondió la mano a la espalda intentando detener la sensación, pero no funcionó, así que se volvió a los vestidos.

–Así que eres mi hada madrina –dijo, pasando las perchas–. Puede que conozca a mi príncipe azul allí.

–Eso quiere decir que estás soltera –dijo, revisando el segundo perchero–. Es bueno saberlo. Creo que este te quedaría bien.

Sacó un vestido y se lo mostró.

–Es blanco. Lo mancharía antes incluso de llegar.

Él se rio.

–No importa.

–Sí que importa

Con la suerte que tenía, sería algo más que una pequeña mancha, y no quería hacer más el ridículo de lo que ya lo había hecho.

–Sabes que quieres llevarlo –dijo él con suavidad–. Por favor.

Desde luego lo suyo era el flirteo. Como si necesitase armadura. No había modo de encontrarle el punto débil. Era solo un playboy en horas bajas que buscaba un entretenimiento ligero mientras llegaba el nuevo envío de modelos. Pero sí que iba a ir al *Palazzo* Chiara para vivir algo que nunca estaría a su alcance: glamour y exclusividad. Porque ahora vivía la vida bajo sus propias normas. No iba a perderse nada.

–Está bien –dijo, sin hacer caso de su expresión de triunfo–. ¿Dónde puedo cambiarme?

Diez minutos más tarde, instalada en la habitación más grande y ornamentada en la que había estado, se puso el vestido y se miró al espejo. No podía llevar sujetador, y lo que era peor aún, tampoco estaba convencida de que pudiera llevar bragas. Era tan ceñido que cualquier línea se marcaría.

Parpadeó varias veces. ¿Se habría vuelto loca? ¿Cómo había podido decir que sí? Aunque, por otro lado, ¿cómo dejar pasar semejante oportunidad? De niña, nunca había podido aceptar invitaciones. No había podido ir a casa de ninguna otra niña a jugar, ni había podido ir a ninguna fiesta… Respirando hondo, se desabrochó el sujetador y se quitó las bragas y los dejó cuidadosamente en el sillón del rincón. Aquella era una oportunidad que no iba a volver a presentarse, así que mejor enfrentarse a ella con valentía. Con las manos se peinó un poco y se recogió el pelo en un moño bajo.

–¿Ya estás? Tenemos que irnos, o nos perderemos los fuegos.

Respiró hondo y salió de la habitación sin atreverse a mirarlo.

–No puedo llevar esto. Es indecente.

Estaba tan callado que tuvo que mirarlo. Se había puesto otro esmoquin. ¿Pero cuántos tenía?

La miró en silencio por lo menos treinta segundos, tanto tiempo que ella empezó a toquetearse la correa del reloj.

–Es perfecto –dijo por fin.

–Ni mucho menos –contestó, mirándose–. Me tira de donde no debe.

–Te tira del sitio adecuado. Más que adecuado.

–Porque a ti te gusta que las chicas que te acompañan parezcan…

–Preciosas. Por supuesto. Pero no estoy seguro de que ese reloj encaje.

–Lleva buena hora y esta Cenicienta necesita echarle un ojo de vez en cuando. No puedo estar fuera más allá de medianoche.

–¿Porque puede que te diviertas demasiado? –tomó su mano para verlo–. Es viejo.

–Es vintage.

–Es de hombre.

–Eso sí –accedió. Era precioso para ella–. El reloj de un viejo.

–Vámonos –dijo, soltándola–. ¿Qué tal la rodilla?

–Bien, siempre que no tenga que correr. Llevo mis sandalias.

–Entonces estaré cerca como estructura de emergencia.

–Te lo agradezco. Si alguien me pregunta qué hago allí, le diré la verdad.

–Maravilloso –dijo, señalándole el camino–. Espero que me reserves un baile.

El coche era bajo, rojo, brillaba como un diamante y sin duda era capaz de alcanzar una velocidad para gritar. Se abrochó el cinturón de seguridad.

–No voy a beber, así que puedo conducir yo a la vuelta –declaró.

Su plan de no beber no tenía que ver con la conducción, sino con la descabellada atracción que ejercía en ella. Bastaría con que se mojase los labios con alcohol para que no fuera capaz de controlar la tentación que parecía haberse materializado dentro de ella con tan solo verlo.

–Claro –dijo él blandamente–. Pero van a servir un champán muy bueno. Igual quieres tomarte una copita.

–No me gusta correr riesgos.

–Y, sin embargo, hoy te has colado en una propiedad privada y ahora vas a ir a una fiesta con un vestido de diseño prestado y acompañada por un hombre al que apenas conoces.

–Y en un Ferrari, nada menos. La noche más aventurera de mi vida por ahora.

–Eso es… –no terminó lo que iba a decir, sino que la miró enarcando las cejas–. ¿Por qué no corres riesgos?

Porque estaba en alerta permanente después de años de tener que andar mirando siempre por encima del hombro. Pero tenía un plan B preparado: sabía quién era Rafael y Alex la llamaría por la mañana si no pasaba a verlo. Y, por otro lado, deseaba divertirse por una vez.

–Me cuesta abrirme y confiar en la gente.

Rafael se echó a reír.

–¡No te rías! Hablo en serio. Lo que estás viendo es una nueva yo, abierta y cien por cien sincera. Es liberador –sonrió.

–La nueva tú –repitió–. ¿Cien por cien sincera el cien por cien del tiempo?

–Por supuesto.

Volvió a reír.

–Nadie es tan sincero.

–Yo lo soy.

–Y tú mucho menos.

–¡Lo soy!

–¿De verdad? ¿Podrías ser sincera con una persona aun a sabiendas de que iba a hacerte daño? ¿A veces no es mejor ir a lo seguro y proteger los sentimientos de la otra persona?

Que precisamente él pensara en los sentimientos de otros le resultó sorprendente.

—¿Tú harías eso? ¿Protegerías los sentimientos de otra persona?

—Claro.

—Seguro que mandas flores y joyas a tus amantes cuando las dejas.

—No suele ser buena idea. Prefiero dejarlas sin aliento.

—¡Venga ya! —exclamó, elevando la mirada.

—Bueno, ya veo que tú sí lo haces. Voy a regar las rosas del pobre viejo... —imitó su voz.

—No suena a halago.

Volvió a reír.

—No ser sinceros hace daño a la gente porque, al final, la verdad acaba saliendo.

—Te equivocas. La gente miente y se larga de rositas todos los días. Y no solo los asesinos, los estafadores o los ladrones. Las mentiras piadosas también se dicen a diario.

—Pero mentir carcome a la gente por dentro. Puede que tú nunca te enteres de que alguien te ha mentido, pero el mentiroso sí que lo sabe, y sufre por ello. La mentira los debilita. Cada mentira los va rompiendo poco a poco.

Rafael la miró fijamente.

—¿Has dicho tú muchas mentiras?

Ella sonrió de medio lado.

—No te creerías cuántas.

Capítulo 3

TE HAS pasado la vida mintiendo a diestro y si-
niestro? –preguntó. No se lo creía. Pero las sombras que vio en su mirada le hicieron dudar–.
¿Por qué tantas mentiras?

–Por protección. Pero aún sigue haciéndome daño,
y me niego a mentir más.

Respiró hondo y sonrió, no la sonrisa despreocu-
pada que le había visto entre las rosas.

–Soy como tú –continuó–. Muy clara con lo que
quiero de la vida, lo que acepto y lo que no.

–¿Qué te hace pensar que yo soy claro con lo que
quiero de la vida?

–Eres decidido y actúas para conseguir lo que quieres. Que yo esté sentada ahora mismo en tu coche es un
ejemplo perfecto de tu determinación.

Buen punto.

–Pero, si esta es la nueva tú, entonces también tú
estás consiguiendo lo que querías –bromeó.

–Una vez he tenido tiempo de procesar tu… invitación, me he dado cuenta de que podía ser una experiencia
interesante –asintió, pero le traicionó una efervescente
sonrisa–. No es que esté dispuesta a repetir, por supuesto.

Claro, pero no podía explicarse que oírselo decir le
provocara una punzada de desilusión. Llevaba todo el
día sintiéndose raro. No había querido visitar Villa Rosetta hasta que no estuviese terminada la rehabilitación,
pero aunque apreciaba su belleza y su valor, no había

obtenido placer al lograr aquello que llevaba pretendiendo tanto tiempo.

Idiota. ¿Qué se esperaba? La promesa que representaba aquella villa nunca se había cumplido y nunca lo haría. Su padre, Roland, ya llevaba tiempo muerto. Y esa finalidad le había dejado un regusto amargo bajo la piel.

No. Rafe nunca perdía tiempo en mirar atrás. Lo empleaba en abrirse camino hacia delante, empujando contra la resistencia. Siempre había tenido que hacerlo. Era hijo ilegítimo y no deseado. Asegurar la villa tendría que haber sido un momento de victoria, pero era más grande de lo que se esperaba. Su enormidad necesitaba de más personas viviendo en ella. Necesitaba a la familia que nunca había tenido.

Idiota… ya no tenía ocho años, ni estaba lleno de aquellos sueños de una gran familia que lo quisiera.

–Dicen que los fuegos son espectaculares –comentó ella mientras esperaba a que pusiera el coche en marcha–. Me prometes verlos todos, ¿no?

Se volvió a mirarla. ¿De verdad era tan inocente como parecía? Ella lo miró tranquilamente, pero al momento empezó a sonrojarse.

–¿Qué? –inquirió–. ¿Tengo algo en la nariz?

Él negó despacio.

–¿Estás flirteando conmigo?

–¿Qué? ¡No! –el color era ya como la grana–. Date prisa, que quiero ver los fuegos. Llevo todo el día deseando que llegue el momento.

–No me importaría que flirtearas conmigo –contestó.

Ella abrió la boca y luego la cerró.

–Eres sorprendente, ¿sabes? ¿Es que todo el mundo flirtea contigo?

–La mayoría.

Sonriendo puso el motor en marcha por fin, y se

alegró de haberse dejado llevar por el repentino capricho de invitar a una completa desconocida a la fiesta más exclusiva de toda Europa.

Sus ojos lo habían sorprendido en cuanto había podido verlos después de quitarse el agua de la cara. Eran de color caramelo, grandes y con largas pestañas, y lo cautivaron completamente. Una piel inmaculada y ligeramente bronceada, telón de fondo perfecto para aquellos ojazos, y una preciosa boca, componían un hermoso conjunto. Llevaba el pelo en un moño, pero algunos mechones rubios y castaños se rizaban en torno a su cara.

Era más bien bajita, con curvas en los lugares que a él más le gustaban. La vieja falda vaquera que llevaba por encima de la rodilla dejaba al descubierto unas preciosas piernas, y le gustaba cómo los botones de su blusa de flores tenían que esforzarse por contener sus pechos. Se había imaginado a sí mismo desabrochándolos uno a uno. Pero eran sus ojos lo que le llamaban poderosamente la atracción. Había una luz en ellos poco habitual, encantadora, dulce.

Pero a Rafe no le iba lo dulce, sino lo sofisticado. Era mucho más seguro jugar con mujeres que conocían las reglas del juego de una sola noche. Pero la fresca y divertida Grace lo intrigaba, y la tentación había sido irresistible.

Y ahora la tenía al lado, con aquel vestido que realzaba sus deliciosas curvas, deseando recorrer con los labios la línea del escote y sentir que se acercaba pidiendo más. Se tensó.

Hacía seis semanas que no estaba con nadie, virtualmente una maratón para él, el periodo más largo de castidad de su vida adulta. Apretó los dientes y se concentró en las curvas de la carretera. Grace no era de las de una sola noche.

Un pequeño ejército de modelos llegaría a la villa al

día siguiente, y encontraría más de una dispuesta a reto-
zar un rato. Miró a Grace y deseó tener de nuevo a mano
la manguera. Si le mojaba el vestido, se volvería trans-
parente, y estaba seguro de que no llevaba nada debajo.
Cambió de postura y pisó un poco más el acelerador,
irritado consigo mismo por aquellos pensamientos tan
básicos. ¿Había vuelto a la adolescencia, o qué?

El *Palazzo* Chiara estaba iluminado como un castillo
de cuento de hadas. Detuvo el coche ante el guardaco-
ches y bajó para abrirle la puerta a Grace y ayudarla, no
fuera a caerse con las piedras. Pero su galantería medio
sarcástica se vio recompensada al ver la cara de Grace
mientras contemplaba el *palazzo*.

–¿Te gusta?

–Es inmenso.

–Villa Rosetta también es grande –sacó pecho.

–¿Te importa el tamaño? No me imaginaba que fueras tan inseguro.

–Ya te dije antes que esta noche necesito armadura
–le guiñó un ojo–. ¿Te parece mejor que Villa Rosetta?

–No hay nada mejor que las rosas de Alex. Este lugar
es demasiado grande. Es precioso, pero no podría ser un
hogar. Villa Rosetta lo es. Se siente el amor en ella.

Sus sinceras palabras lo emocionaron, pero no contestó sino que se limitó a guiarla a la zona de recepción.
Un camarero de librea se acercó a ellos con una bandeja en la que reposaban altas copas de champán.

–¿Seguro que no quieres una copa? –la pinchó.

Ella contestó que no con la cabeza. Él tampoco
aceptó el ofrecimiento y entraron juntos para que pudiera admirar el interior en mármol y oro. Sus exclama-
ciones le encantaban y siguió caminando, consciente de
que llamaban la atención. Evitó mirar a un par de modelos que al día siguiente iban a estar en la villa. Aún
no quería que lo interrumpieran. El rostro de Grace era

súper expresivo, y le era imposible ocultar sus reacciones. Cautivada, iba señalando todo lo que le llamaba la atención, desde los candelabros de cristal a la fuente que ocupaba el centro de la habitación. Pero al final fue ella la que se dio cuenta de que los miraban.

–Gente famosa –comentó en voz baja–. Ricos.

–Ricos y famosos.

–Un diagrama de Venn de la clase alta. Y solo una de fuera del círculo.

–¿Y se siente rara?

–Por supuesto, pero está decidida a sobreponerse.

Se rio. Le gustaba su franqueza.

–Qué placer verte aquí, Rafe –Toby Winters, banquero aristocrático amante de las fiestas, los interrumpió–. He oído que Villa Rosetta ya está terminada. Bienvenido al barrio.

–Gracias. Julia, me alegro de verte.

Julia, su esposa, estaba demasiado ocupada examinando a Grace para contestar.

–Estás mejorando tu portfolio –continuó Toby–. Envidio tu energía.

Rafe sonrió, pero sintonizó con la conversación que se estaba manteniendo a su lado, en la que Julia interrogaba al pececillo que él había sacado fuera del agua.

–Estoy aquí porque él me ha obligado a venir –estaba diciendo Grace.

Ay, Dios. ¿Se hacía una idea de cómo se iba a interpretar ese comentario?

–¿Te ha obligado? –las cejas de Julia habrían llegado hasta la raíz del pelo de no ser por el veneno que se había inyectado bajo la piel.

–Trabajo para él –dijo, sonrojándose–. Ahora. Solo un poco…

Rafe tuvo que apretar los dientes para no reírse.

–¿Trabajas para Rafe?

Grace, en su inocencia, asintió.

–Sí –continuó Julia, mirándola de arriba abajo con suma frialdad–. Veo claramente cuál es tu especialidad.

Porque Grace no tenía aspecto de secretaria, ni de ama de llaves, ni de jardinera. Julia tomó a su esposo del brazo y prácticamente se lo llevó arrastras.

–Piensa que soy… –le dijo a Rafe, roja como la grana.

No podía ni siquiera pronunciarlo y Rafe, echando atrás la cabeza, rompió a reír.

–¿Una acompañante? –sugirió, intentando tranquilizarla–. Eso creo. Has sido tú la que ha contestado a la pregunta.

–Es este vestido –dijo, llevándose la mano al glorioso escote–. Ya te dije que era indecente –un pensamiento se le materializó en aquel momento–. ¿Por qué piensan que precisamente tú ibas a necesitar una acompañante profesional?

El cumplido implícito en sus palabras era tan natural que le resultó aún más conmovedor. Algo le estaba pasando. No podía estarse volviendo loco por una mujer que se había encontrado regando sus flores.

–¿Y por qué no? –contestó–. No te entusiasmaba precisamente la idea de salir conmigo. He tenido que presionarte.

–Porque no te conozco. Y además, no me has pedido que viniera contigo porque quisieras salir conmigo. Querías hacerme pagar por estropearte el traje.

–¿Ah, sí?

–¡Para ya! No tienes remedio. No eres capaz de dejar de flirtear.

–¿Quién dice que esté flirteando?

Elevó al cielo la mirada y suspiró.

–Tengo hambre –dijo–. ¿No hay comida?

–La gente viene a ser vista, no a zampar.

–¡Por Dios, que nadie los vea masticando! Creo que al final me voy a tomar una copa.

Rafe tomó una copa de champán de la bandeja de un camarero que pasaba.

–¿Estás segura?

–Una no me hará daño.

Más gente se fue acercando a ellos, dándoles la enhorabuena, ofreciéndoles conversación y buscando satisfacer su curiosidad. Grace mantuvo silencio mientras él hablaba, limitándose a inclinar levemente la cabeza cuando era presentada como una amiga. La miraba por el rabillo del ojo y era consciente de lo rápido que estaba desapareciendo el champán de su copa. Bebía para no hablar, seguro. De improviso se disculpó y caminó con ella hacia la puerta abierta, a por un poco de fresco.

–Todos quieren algo de ti –comentó Grace, apurando el contenido de su copa–. Sinceramente, se han echado sobre ti como una enfermedad perniciosa. Del primero al último. Todos buscando chupar.

Él sí que quería chupar. No podía apartar la mirada de su boca. Tenía que controlarse.

–Todo el mundo quiere algo de mí: atención, dinero…

–Yo no quiero nada de todo eso –dijo ella alegremente.

Eso parecía. Pero quizás, en cuanto a la atención, pudiera hacerla cambiar de opinión.

–Vamos a ver el lago. Los fuegos no tardarán en empezar –salieron al patio, pero ella se detuvo de pronto–. ¿Quién es ese tío? –preguntó, señalando a un hombre alto y de cabello gris que miraba con suma frialdad a Rafe desde la distancia.

Rafe lo miró un segundo y se dio la vuelta.

–Nadie importante.

Maurice Cutler no volvería a tener importancia alguna en su vida.

—Ya. Pues si las miradas pudiesen matar, los dos estaríais muertos.

—Es un conocido del trabajo.

—¿En serio? No te creo.

—Mira las lámparas –señaló.

—Pero es que se acerca. Parece que quiere hablar contigo.

—Pues yo no quiero hablar con él.

Tomó su mano y caminaron hasta el borde del agua.

—Es precioso.

Las luces se reflejaban en sus ojos. La preciosa era ella.

—Me estás usando para evitar hablar con otras personas –adivinó.

—Sí, y funciona.

—¿Por qué te has molestado en venir si no querías hablar con ellos?

—Para que me vieran.

—¿Por qué?

—Porque estoy aquí, y es un hecho que no pueden ignorar.

—¿Tienes una historia con esta gente? ¿Con ese hombre en particular?

Dudó, pero ¿qué podía tener de malo que lo supiera?

—Ese hombre es mi sobrino. Me enteré de que estaba interesado en la villa, pero por desgracia para él, yo gané la puja.

—¿Tu sobrino?

No comprendía la diferencia de edad. Maurice era treinta y dos años mayor que él.

—¿Has querido derrotarlo por encima de todo? ¿Más que ser el dueño de la villa?

—No. Quería la casa. Siempre la he querido.

—¿Por qué?

—Un sueño de la infancia –respondió, y en parte era cierto. La había deseado toda la vida, pero el chiste era a su costa porque, al entrar aquella tarde, se había sentido más vacío que nunca.

—Pero te ha gustado quitársela a tu sobrino.

Rafe sonrió.

—No estáis unidos, eso está claro.

—Está claro, pero no te he traído aquí para que te inmiscuyas en mi vida personal —dijo, volviendo al modo conquista—. Entretenme de otro modo.

Ella abrió los ojos de par en par.

—Eres un cerdo arrogante, ¿lo sabías?

Lo sabía, pero no estaba acostumbrado a que las chicas con las que salía se lo dijeran a la cara, al menos no tan al principio.

Se había alejado un par de pasos y se apresuró a alcanzarla.

—Lo siento —dijo, y volvió a tomarla de la mano—. Ha sido una grosería por mi parte. Es que me sentía incómodo hablando de él. No quiero hablar de él.

—Eso es justo. Pero podías habérmelo dicho y yo lo habría respetado.

—¿Ah, sí?

Ella lo miró un instante y luego sonrió.

—Soy muy curiosa, así que seguramente no.

Él le devolvió la sonrisa. Su candor era refrescante.

—¿Eres tan curiosa con todo el mundo?

—Oh, sí —asintió—. La gente me fascina.

Su respuesta lo chafó, porque sabía que era verdad. Grace James era una de esas raras personas que eran buena gente de verdad. Que se interesaban por los demás, por sus historias y sus vidas. Pero, ¿por qué tanto interés? ¿Qué le faltaba a su propia vida?

—La gente también te encuentra fascinante a ti.

Ella se rio.

—No, qué va. Y no pienses que tienes que desdecirme para halagarme. ¡Ay, mira!

Siguió la dirección de su mirada. Una escena se estaba desarrollando en la playa del *palazzo*. Una petición de matrimonio, nada menos. El chico, el muy tonto, había clavado una rodilla en el suelo, había un trío de músicos y un fotógrafo rodándolo todo. Menos mal que solo fue cuestión de unos minutos.

Rafe miró a Grace mientras los dos se besaban.

—Las peticiones de mano en público son tan ridículas —murmuró.

—A mí me parecen románticas. Con todas esas luces en el agua, la brisa cálida, la luna llena y la música… es perfecto. Nunca lo olvidarán.

—Por supuesto que no, porque lo han filmado todo. Una versión editada estará en la red antes de que se acabe la noche, ya lo verás. Ese momento debe ser íntimo, y no algo que enseñar a los demás.

—Vaya, Rafael… si resulta que eres un romántico.

—¿Que soy qué?

—Un romántico —se maravilló.

—No —replicó, rozándole la punta de la nariz con un dedo—. Cometer semejante error debe quedar en la intimidad.

—¿Un error?

—El matrimonio.

—Entiendo que estés en contra del matrimonio. Sería restringir demasiado tu campo de acción.

—Eso es cierto —sonrió—. La vida es demasiado corta para estar con una sola persona para siempre. Además de aburrido.

—Ah, sí. Que tú te aburrirías con facilidad. Eres un millonario que carece de imaginación.

—Mi imaginación está perfectamente, créeme.

—Pues a mí no me parece nada aburrido —continuó, mirando a la pareja.

–Tú sí que eres una romántica, pero sabes que nunca funciona.

–¿Hablas de tus propias relaciones?

–De las de cualquiera. De las de todo el mundo.

–A ver, déjame adivinar… nunca te vas a casar, ni vas a tener hijos.

–Por supuesto que no –sonrió.

–Porque tus padres no estaban felizmente casados.

–Mis padres no estaban casados.

–¿Y te parece que eso es escandaloso en el mundo de hoy? ¿Qué crees que significa?

–Que soy un bastardo –contestó, guiñándole un ojo–. Acabas de ser advertida oficialmente.

–Sabes que muchos niños nacen fuera del vínculo del matrimonio, y que mucha gente se divorcia.

Por supuesto, pero la situación de su familia tenía un picante extra que aún daba que hablar.

–Mi padre tenía más de setenta años cuando yo nací. Por eso tengo sobrinos que me doblan la edad. Mis hermanastros no se sorprendieron cuando mi madre y yo aparecimos.

Y no debería estarle hablando de eso.

–¿Os hicieron la vida imposible?

Más de lo que aquella preciosa ninfa podría imaginarse. No era solo el salto generacional entre sus padres, sino el educativo, el de origen, el de estatus social… todo y todos les hicieron la vida imposible, especialmente a su madre. Lo que le habían hecho no podría olvidarlo ni perdonarlo nunca.

–¿Se querían tus padres? –preguntó dulcemente.

Y allí estaba de nuevo su naturaleza romántica.

–¿De verdad crees que el amor podría suponer alguna diferencia?

–Tan guapo y tan cínico –suspiró–. Qué pena.

Él se acercó.

–Pero la belleza es un tanto a mi favor, ¿no?

–Uno muy pequeño.

–No tanto –contestó, ya que había visto un brillo en sus ojos y no podía resistirse a rodear su cintura–. ¿Vas a negar la química que hay entre nosotros?

–Seguramente se debe a que somos polos opuestos.

Que no lo negase volvió a sorprenderlo. Esperaba que se hiciera la ultrajada, pero se encontró con que le puso una mano en el pecho.

–Eres muy muy guapo –le dijo–. Tanto, que no pareces de este planeta. Y muy seguro de ti mismo, así que supongo que sabes lo que haces respecto a las mujeres. Y yo sé que no soy para nada como las que llevas a estos saraos pero, teniendo en cuenta lo mucho que te gustan, estoy seguro de que intentarás algo. Por la novedad, claro.

–¿Quieres decir que no sé discernir? –no sabía si sentirse halagado por el cumplido, o insultado–. Y no te denigres.

–No lo hago. Pero seamos sinceros: no soy tu tipo. Todo el mundo aquí lo sabe. Por eso no dejan de mirarnos.

–No nos miran por eso.

Los miraban porque ella era una bocanada de aire fresco, casi descalza con aquellas mínimas sandalias, con su vestido blanco y la piel radiante a la luz de todas aquellas lámparas. Era increíble y él, como el resto de los presentes, no podía dejar de mirarla.

Mientras que ella no parecía estar teniendo el mismo problema con él.

–Viene un barco –dijo–. Todo el mundo se acerca. ¿Sabes quién está a bordo?

No lo sabía y no le importaba. Solo quería que volviera a mirarlo.

–Esta fiesta es todo un melodrama –dijo–. ¿Los de la élite siempre organizáis cosas así?

–¿No vas a fiestas con frecuencia?

–Suelo ser quien sirve la comida.

¿Era camarera? Eso encajaba. Desde luego local no era, con su suave acento, y al mismo tiempo resultaba mundana, como si su optimismo y su esperanza no hubieran sido aplastados aún por la realidad de la vida.

–¿Y qué vamos a hacer?

–¿Hacer con qué?

–Con esta química.

–Nada –se volvió para ver llegar el barco–. ¿Crees que será algún famoso?

Le importaba un comino que fuera la mismísima Reina de Inglaterra. Solo quería recuperar su atención.

–No creo que podamos ignorarla.

–¡Por supuesto que sí! –se rio.

–¿No sientes curiosidad?

Por fin lo miró de nuevo a los ojos.

–Estoy segura de que podrías hacerme sentir de maravilla –dijo, ruborizada–. Estoy segura de que puedes hacerme desear cualquier cosa y todo, pero también estoy segura de que no eres bueno para mí.

–¿No soy bueno para ti? ¿Te tomas todo tan en serio?

–¿Y tú te lo tomas todo tan a la ligera?

–No todo. Pero la vida hay que vivirla, y deberías vivir un poco –concluyó, tirando suavemente de ella.

Gracie sonrió.

–Un intento bastante flojo. Creo que puedes hacerlo mejor.

–¿Flojo?

–Deberías dejar de intentar hacerme caer en la tentación –dijo, solemne–. No me gusta jugar, señor Vitale.

No conocía a una sola mujer a la que no le gustase jugar.

–Llamarme señor Vitale es jugar.

–Vale. ¿Quieres sinceridad? No quiero que me hagas daño.

–Yo no hago daño a las mujeres.

Ella lo miró con severidad.

–Bueno, no quiero hacer daño a las mujeres –se corrigió–. Nunca querría hacértelo a ti.

Sintió un estremecimiento cuando él le tomó la mano.

–Anda, aléjate o los chicos buenos no se me van a acercar, si estás tú rondándome como un tiburón.

–Aquí no hay buenos chicos.

–¿Ni uno?

–Ni uno. Todos son tiburones. Todos quieren lo mismo que yo.

–Que es…

A la luz de aquellas lámparas, se la veía luminosa y delicada. Un beso no iba a ser el fin del mundo, ¿no?

Inesperadamente dio un paso atrás.

–Sería un error –dijo, y se volvió para ver a quién recibían en el bote.

Estaba muy concentrada en lo que hacían los demás y no en él. ¿Sería esa su forma de mantener sellada aquella química? ¿Es que no se daba cuenta de que intentar embotellarla solo causaría una explosión mayor cuando no pudiera soportar la presión? Sonriendo, la zarandeó un poco.

–¿Qué?

Por fin lo miraba.

–Las mujeres no suelen estar conmigo y mirar a otros hombres.

–¿Que no te estoy prestando suficiente atención? Vaya… lo siento.

–No lo sientes. Evitas deliberadamente mirarme, y me pregunto por qué.

–¿Te lo tienes que preguntar? Es que esto no es una cita. Esto es coacción.

–No tienes ni idea de lo que es coacción. No he tenido que insistirte tanto.

–Es que quería ver los fuegos.

Rafe se rio.

–¡Es la verdad!

–Seguro que sí –contestó, tomando su cara entre las manos para poder mirarla a los ojos, que era lo que llevaba deseando desde el momento en que la había visto.

–¿Qué haces? –le preguntó en voz baja.

–Acercarme.

–¿Por qué?

–Por los fuegos artificiales –repuso, sintiendo su respiración en la cara–. Por cierto, que esto no es coacción, sino seducción.

–¿Ah, sí? Eres muy… alto. Y fuerte. Te me echaste al hombro y…

–Vale. El cavernícola que llevo dentro disfrutó con eso. Pero te prometo no hacer nada que tú no quieras que haga. ¿Qué me dices?

–Creo que eres un diablo con lengua de plata y décadas de experiencia a tus espaldas.

–¿Décadas? ¿Cuántos años te crees que tengo?

–En términos de experiencia, tú eres un anciano y yo, un bebé.

–¿De verdad? ¿Y eso por qué?

Ella no contestó.

–*Caramellina* –murmuró, perdido en las profundidades de su mirada y en la suavidad de su piel–. Incluso hueles bien.

Una embriagadora mezcla de rosas y vainilla.

Permanecieron mirándose a los ojos hasta que lo vio… esa sensual curiosidad, reflejada en ella. Más que curiosidad, era un impulso que ya no se podía ignorar.

–Está bien… –suspiró–. Haz lo que sea que hagáis los demonios.

–No me gustaría molestar a alguien que no lo desee –susurró.

–No es mi caso –contestó casi entre dientes.

–¿Ah, no?

–No. Calla ya y bésame.

Rozó sus labios con toda la suavidad de que fue capaz, no fuera a asustarse. Era como una delicada flor y no quería aplastarla, pero ella abrió los labios y le dejó entrar. Con aquel primer sabor, su intento de ir despacio flaqueó. Entonces sintió que ella buscaba con la lengua y que deslizaba las manos por su espalda.

Abandonó toda idea de ir despacio. Cualquier estrategia se evaporó en manos del instinto más puro, y el beso se volvió hambriento, ardiente y duro. Qué placer notar que ella se le acercaba más. Era como el primer trago tras una larga sed, como encontrar un oasis después de meses en el desierto.

Deslizó las manos por su cuerpo y confirmó que, en efecto, no llevaba sujetador debajo de aquella vaina blanca; ni sujetador, ni ninguna otra clase de ropa interior. El deseo le espoleó de tal modo que la pegó por completo contra su cuerpo. Quería más. Más de su dulzura, de su respuesta ardiente, de su calor. Lo quería todo. Estaban sellados desde los labios hasta las caderas, y la fineza, la habilidad o la seducción quedaron olvidados. Aquello era demasiado elemental. Ella era demasiado elemental, con una profundidad y un deseo inesperados.

Al oír explosiones sobre sus cabezas se separaron y, con la respiración acelerada, vieron el estallido de colores que cubrían todo el cielo.

Malditos fuegos artificiales…

Grace respiró hondo y se rio.

–Qué preciosidad.

Retenía sus manos en las suyas. Quería volver a tenerla en los brazos, pero tendría que conformarse de momento con las manos porque no quería impedir que disfrutara de aquello. Vio los colores de los fuegos reflejados en sus ojos y esperó a que el cielo volviera a quedar en silencio.

–El espectáculo ha terminado –dijo por fin.

–Creo que es hora de volver a casa.

De la mano, la condujo hasta el coche. No quería que aquel calor se le escapase. En el vacío que había sentido aquella tarde, jamás se habría imaginado que la noche terminaría con una amante tan dulce e insaciable en su cama.

–Ha sido espectacular –suspiró ella al acomodarse en el asiento del copiloto–. Me ha encantado el último. Ha sido un caleidoscopio de colores.

Él apretó el volante en las manos. ¿Estaba hablando de los fuegos, y no del beso? Iba a tener que ordenar sus prioridades. Le aguardaban unos fuegos artificiales mucho mejores que esos.

Tomaron el camino del lago hacia Villa Rosetta en silencio, y la cálida brisa atemperó el deseo que le rugía por las venas. No tenía prisa. La anticipación le rozaba la piel como seda caliente. Se iba a tomar su tiempo y le dedicaría una exquisita y absoluta tortura. Por primera vez desde hacía semanas, se sintió lleno de vigor.

–Vas a venir a la villa conmigo, ¿verdad, Grace? –le preguntó, pero no obtuvo respuesta.

Se volvió a mirarla y pisó el freno.

–¿Grace? ¿Grace?

A la luz de la luna estaba insoportablemente hermosa. Y dormida. Y tenía que quedarse con él simplemente porque no sabía dónde llevarla.

Capítulo 4

GRACIE se acurrucó bajo la sábana y el rayo de luz que entraba por la rendija de las cortinas la hizo parpadear adormilada. No quería que fuera ya por la mañana. No quería ir a trabajar. No sabía… ¡no sabía dónde narices estaba!

Se incorporó de golpe y contempló el hermoso mobiliario. Estaba en aquella enorme habitación de Villa Rosetta. Los recuerdos disiparon de inmediato la niebla del sueño. La manguera loca, el vestido de diseño, aquel beso exquisito.

El pulso se le aceleró como un corredor ante una salida falsa.

Vale, mejor no recordar el beso. Apartó la sábana y suspiró aliviada al ver que seguía llevando puesto el vestido.

Frunció el ceño. Lo último que recordaba era haberse subido al coche de Rafael para salir de la fiesta. ¿Cómo era posible que no recordase nada más? Solo había tomado una copa de champán. ¿Le habrían echado algo en la bebida?

No tenía dolores anormales, ni estaba escocida. No le dolía la cabeza ni tenía la boca pastosa. Ninguna intuición, ni temor… solo vergüenza.

Sí. Vergüenza porque había estado trabajando un montón de horas apenas sin comer, y el poco champán que había consumido le había provocado un caso temporal de narcolepsia. Qué vergüenza…

Miró a su alrededor y vio su falda, su blusa y su ropa interior, exactamente donde lo había dejado el día anterior, junto con su móvil. Rafael debía habérselo dejado allí. Así que ya sabía sin sombra de duda que no llevaba ropa interior debajo del vestido.

El aire que generaba el ventilador del techo no pudo impedir que lo que quedaba de su orgullo se transformara en ascuas. Había tenido que acostarla porque se había quedado dormida en el camino y, al parecer, no había logrado despertarla. Seguramente incluso roncaba. O se le caía la baba. O ambas cosas.

Dejándose caer de espaldas en la cama, se tapó con la sábana hasta la cabeza, como si fuera un sudario. Deseaba morir.

Pero su corazón no le hizo caso, sino que por el contrario latió más deprisa, lo mismo que sus pensamientos, que se lanzaron a recordar lo mejor de la noche anterior... que no habían sido los fuegos artificiales, sino aquel beso.

Cerró los ojos y movió los dedos de los pies. Cualquier mínima referencia a aquel momento desencadenaba una cascada de sensaciones. Suspiró y los volvió a abrir, decidida. Aquello era ya demasiado. No era la primera vez que besaba a un hombre. De hecho, había besado a cuatro, aunque todos habían resultado ser sapos, y ninguno el príncipe azul de los cuentos.

Pero con Rafael... desde luego tampoco era un príncipe de cuento para siempre jamás, pero ¿qué importaba, cuando con un solo beso había logrado hacerla descartar todas las ideas preconcebidas que tenía sobre la intimidad? Todo lo que había creído hasta entonces –que necesitaría estar enamorada, que necesitaba conocer de verdad al hombre y confiar en él antes de experimentar verdadero placer al intimar– no era cierto. Lo que necesitaba era un hombre de experiencia, talento y arrogancia. Necesitaba a Rafael y a su aire de ángel caído.

Se daría de patadas por haberse dormido así, como un bebé agotado. Porque quería lo que por instinto sabía que él podía darle. Por eso se había ido a la fiesta. Pero ella no era así de irreflexiva, ¿verdad?

Apartó definitivamente la preciosa sábana y se levantó de la cama. Idiota... había tenido la oportunidad de pasar una noche maravillosa, y la había echado a perder. Parecía la Bella Durmiente, pero al revés. Aunque quizás Rafael no hubiera intentado despertarla, lo cual querría decir que no quería seguir besándola...

¡Lo cual era todavía más mortificante!

Se quitó el vestido, lo dejó en el respaldo del otro sillón y en dos minutos se había vestido y salía de puntillas por la villa, agradecida porque la rodilla solo le molestara. Tenía que escapar sin enfrentarse a Rafael Vitale. Aún era temprano, así que podría llegar a trabajar a tiempo y nadie sabría que se había quedado allí. No es que le diera vergüenza, pero... bueno, sí que le daba. Un poco.

Salió del edificio pero tuvo que detenerse a contemplar aquella vista. El alba bañaba el lago y los jardines con su magia dorada, y no pudo resistirse a atravesar el césped y oler la belleza de las rosas de Alex por última vez. El calor suave del sol al amanecer despertaba su perfume más sutil, y decidió llevarle no solo la foto sino una flor, ejemplo perfecto de su trabajo.

Escogió una color crema, pero la planta no estaba por la labor de renunciar a una de sus preciadas floraciones, y tuvo que tirar con fuerza.

—¿Qué haces?

La pregunta sonó justo al lado de su oreja y, con un grito de sorpresa, soltó la flor, pero no pudo evitar llevarse un buen arañazo con sus pinchos.

—¡Ay! —exclamó, sacudiendo la mano—. ¿Por qué tienes que ir asustando a la gente?

¿Y por qué tenía que estar siempre tan endiabladamente guapo? ¿Y por qué estaba tan vestido? Iba de negro, vaqueros y camiseta, y llevaba el pelo mojado, como si hasta hubiera tenido tiempo de ducharse. Pero era muy temprano. ¿No debería seguir durmiendo?

—¿Y tú por qué tienes que andar enredando en mi jardín? —contraatacó con facilidad, viendo cómo ella se debatía igual que lo haría un pez al final del sedal—. ¿Qué estás haciendo?

—¿A ti qué te parece?

—Que estás robando —dijo, y le agarró la mano para mostrar la prueba del delito. Del arañazo había empezado a salir sangre—. Será mejor que te pongamos una tirita.

Ella se soltó de un tirón.

—No es una herida fatal.

—Mejor no correr riesgos contigo.

Se aventuró a mirarlo. La sonrisa, el brillo de aquellos ojos oscuros… ¿volvía a estar en modo flirteo? No se había afeitado, y la sombra de barba le confería un aire aún más peligroso. Devastador, deliciosa y pecaminosamente peligroso.

—Vamos dentro —dijo—. Te pongo la tirita y desayunamos.

—Eres muy amable pero no, gracias.

Pero como no podía ser de otro modo, su estómago escogió aquel momento para rugir con vigor. Imposible que no hubiera oído el trueno desleal de su sistema digestivo. ¿Es que nada podía salirle bien? ¿No podía escapar de él con un ápice de dignidad?

—Creía que siempre eras sincera —bromeó.

—Yo no he dicho que no tenga hambre. Lo que no puedo es quedarme a desayunar. Tengo que irme.

–¿Estás intentando alejarte de mí?

–No tiene que ver contigo. Es que tengo que llegar a trabajar.

Su sonrisa era una devastadora mezcla de petulancia y alegría infantil.

–Pero te hago sentirte incómoda.

–Lo que estoy es avergonzada. Me quedé dormida en tu coche. Igual hasta ronqué mientras me llevabas a tu casa… otra vez. Y no soy precisamente peso pluma. No sé cómo no te has destrozado la espalda.

–Ni roncaste, ni se te cayó la baba. Y me gustó llevarte en brazos. Estabas muy dulce y acurrucada.

Volvió a enrojecer.

–Fue muy difícil separarme de ti –añadió con suavidad.

La respiración se le congeló. No quería pensar en el momento en que la había dejado en aquella enorme cama, en el que la había tenido tan cerca, en el que se había inclinado sobre ella…

–Y ahora, aquí estás, robando rosas como Bella.

–¿Y entonces tú eres la Bestia?

–No creo que a tu Alex le gustara saber que has estropeado su rosal.

Se dio la vuelta. La rosa colgaba ahora a medio arrancar.

–Creía que el tallo se partiría con facilidad.

–Son para mirarlas, no para destruirlas.

–Quería llevarle una a Alex –confesó–, para que viera lo bien que están y dejase de preocuparse.

Rafael la miró y tomó de nuevo su mano.

–Creo que de verdad necesitas una tirita.

No quería parecer grosera o maleducada, así que no podía volver a negarse.

–Siento darte tantas molestias.

–¿De verdad lo sientes? –sonrió–. Sin embargo, piensas que soy una bestia.

–¿Es que andas buscando cumplidos?

–Siempre los necesito a estas horas de la mañana.

–No eres tan malo, al final –dijo. Y, en realidad, era cierto–. Bueno la verdad es que eres un tío honorable. Anoche era vulnerable y te agradezco que cuidases de mí. Gracias.

Él no respondió de inmediato y se arriesgó a mirarlo. Una sonrisa había transformado su cara de simplemente atractiva a arrebatadora.

–Fue un placer –dijo al fin–. ¿Sabes? No me había pasado nunca que una mujer se me quedase dormida… –hizo una pausa mientras abría la puerta para que le precediera–… en el Ferrari.

–¿Quieres decir en tu deslumbrante compañía? –suspiró–. Desde luego, eres un creído.

–Me pregunto si no te golpearías la cabeza, en lugar de la rodilla –se rio, y entraron de nuevo en la cocina–. Te quedaste dormida antes de que hubiera podido preguntarte la dirección de tu casa. Aunque intenté despertarte.

–¿Ah, sí? –fingió despreocupación acomodándose en uno de los taburetes–. ¿Y cómo lo hiciste?

¿Con un beso?

–¿Qué tal la rodilla? –preguntó para cambiar de tema y darle un poco de espacio, mientras le limpiaba la heridita con una gasa.

–Me duele un poco y está algo hinchada, pero bien.

–Sujétate un momento la gasa, que voy por el botiquín –dijo, y comenzó a abrir cajones en la despensa–. Todavía me estoy familiarizando con la casa.

–¿La compraste amueblada? –preguntó, acercándose.

–Creo que había algo de mobiliario. Mi personal se encargó de buscar lo más básico tras la restauración.

–¿Lo más básico? –se rio, contemplando la cafetera

de acero que no desdeciría en un restaurante–. ¿Sabes siquiera cómo se usa? –le preguntó, tocándola con un dedo.

–Te sorprendería la cantidad de cosas que sé usar –replicó, sin contarle que ya se había hecho un café una hora antes, mientras iba y venía esperando que se despertara. Abrió otro cajón y encontró una caja roja con una cruz blanca en la tapa. Perfecto.

–No me imagino comprando una casa sin haberla visto antes. ¿Lo haces a menudo?

Él la miró y vio que se estaba divirtiendo.

–Tengo unas cuantas propiedades –respondió mientras buscaba un apósito del tamaño que necesitaba.

–¿Propiedades? No es lo mismo que un hogar.

Él no necesitaba un hogar. Solo necesitaba espacio, comodidad y una cama decente, y eso podía conseguirlo en cualquier parte. Las propiedades eran negocio, un modo de construir su imperio y el éxito y la seguridad de que disfrutaba.

–¿Cuántas propiedades tienes? –le preguntó él a su vez.

–Ninguna, pero solo quiero un hogar. Solo necesito uno. No siento deseos de andar de trotamundos.

–¿Ah, no? ¿Ni siquiera en un avión privado? Deberías probarlo. Igual hasta te gustaba.

–¿Y aislarme del resto del mundo? Yo quiero conocer a mis vecinos, y no mantenerlos alejados con vallas, sistemas de seguridad y transporte privado.

–¿Quieres conocerlos? –repitió, y se estremeció exageradamente.

De la caja sacó una pomada de antiséptico.

–Dices que quieres tener tu espacio y privacidad, pero elegiste ir a la fiesta anoche –sonrió.

–Necesito promocionar mis intereses, es decir, esta villa, y puede que haya aprendido algo interesante.

–¡Pero si no hablaste con nadie!

–Eso es porque estuve distraído.

Y volvía a estarlo, por sus ojos, sus labios y el deseo que le rabiaba en el cuerpo y que no le había dejado dormir.

–Querías distraerte. Por eso me llevaste contigo. Me utilizaste para evitar a los demás. Lo que sigo sin comprender es por qué querías ir.

–Porque podía hacerlo –sonrió. Años atrás, no se le había permitido entrar. Ahora nadie podía pararlo–. Y tú me utilizaste a mí para poder ver el *palazzo*, así que estamos iguales. Ahora, estate quieta y déjame arreglar esto.

Limpió cuidadosamente la herida, pero su pregunta había abierto otra herida, más vieja y dolorosa, por la que se colaron los recuerdos.

Toda su niñez la había pasado escuchando hablar de la hermosa Villa Rosetta, la casa de vacaciones en la que su padre vivía unos cuantos meses al año, pero para cuando él llegó, su padre estaba ya demasiado enfermo como para poder desplazarse. Su medio hermano y su sobrino detentaban todo el poder. Leonard y Maurice se habían reído de él cuando les había preguntado si podía conocer Italia, limitándose a contestarle que no, como decían que no a todas sus peticiones, incluso a las de ver a su madre.

Cuando era aún muy joven, hacía todo lo que le pedían: sus logros académicos eran sobresalientes, lo mismo que sus hazañas deportivas. Hacía cuanto fuera por llamar su atención, para ganarse la visita a su madre que le habían prometido, una promesa que nunca se cumplió.

Y para cuando tuvo edad suficiente para hacer el viaje él solo, era ya demasiado tarde.

Pero al final, aprendió que ganar tiene algunos beneficios. Ganando despertó la atención de otros, aquellos que pretendían su consejo, que intentaban emular su éxito, que le confiaban sus valores, haciendo que su negocio fuera más rentable aún. Y le había aportado mujeres. A las mujeres les gustaban los hombres con dinero, los que estaban en forma, los que eran ganadores. Y una vez que empezó a ganar, siguió haciéndolo, una bola de éxito cada vez más grande, y más, y más.

Pero sabía que sin el éxito, sin el dinero, sin las propiedades o el físico... no querrían siquiera conocerlo, al igual que no habían querido antes de que adquiriera todas aquellas cosas, así que no permitía que nadie se le acercara. No confiaba en nadie, y jamás le daría la oportunidad de que lo rechazase o de que volviera a traicionarlo. Ya había tenido más que suficiente.

−Pareces muy serio. ¿Crees que es fatal?

Miró aquellos ojos del color del caramelo y se olvidó de respirar.

−Estoy conteniendo las ganas de besarla para que se ponga mejor.

Ella abrió los ojos de par en par. Sí, había vuelto a ganar. Terminó de colocarle el apósito y le dedicó una mirada reveladora antes de darse la vuelta para preparar un café en la máquina que ella dudaba que supiera manejar. Con eficacia. De manera implacable. Haciéndolo todo él solo, como siempre. En sus términos. Con sus límites temporales.

−¿Con leche?

−No, gracias. Me gusta fuerte.

Vio con qué ganas se lo tomaba. Estaba claro que tenía hambre.

−¿Seguro que no quieres comer algo? Debo tener algo dulce en el congelador.

−¿En el congelador? −se rio, y el café se le fue por mal sitio, haciéndolo toser−. No, gracias.

–¿No te gustan los dulces congelados? –sonrió–. Todavía no he ido al pueblo.

–¿Te haces tú mismo la compra? Qué trabajador –bromeó–. No, gracias. Comeré en el trabajo, que por cierto es en la pastelería local, y por eso tengo que irme. Debería haber salido hace ya media hora –dejó la taza en el banco y se levantó–. Muchas gracias –dijo otra vez–, pero de verdad tengo que irme ya o llegaré todavía más tarde.

–Te llevo.

–No, tengo mi bici. Así es como vine ayer.

Salió con ella al jardín y escogió un par de rosas.

–Ten. Llévaselas a Alex.

Gracie le sonrió. El placer y la apreciación que vio en su mirada fue para él como un golpe en el plexo solar. De pronto no quería que se marchase, pero ya se estaba yendo.

–Gracias. Tengo que irme –miró la villa–. Las modelos llegarán pronto, ¿no?

¡Las modelos! ¡Se le había olvidado!

–Supongo que sí –contestó, acompañándola–. Va a ser una buena publicidad para la villa.

–¿Es que la necesita?

–La sesión fotográfica es para una revista muy exclusiva, dirigida a lectores muy concretos, que se pueden permitir alquilarla por varios miles a la semana.

Se acercaban ya a la verja y aminoró la marcha.

–Y llevar vestidos blancos de diseño sin preocuparse por si se los manchan –sonrió–. Entonces, ¿va a seguir siendo un retiro de vacaciones para los súper ricos?

–¿Qué otra cosa podría ser?

–Un hogar.

–Nadie podría vivir aquí permanentemente. Sería imposible trabajar –respondió, y, de pronto, frunció el ceño al ver algo que vagamente se parecía a una bici apoyado contra un árbol. Se acercó a verla mejor–. ¿Montas en este cacharro? Es de hombre. ¿Puedes ir por la carretera con ella?

–Es vintage.

–Algo es, pero no sé qué… –no pudo contener su curiosidad–. ¿El mismo dueño que tu reloj? ¿Quién te ha dado todas estas cosas?

–Personas distintas. Alex me ha prestado la bici. Lleva años cuidándola, y va de lujo. Es muy rápida.

–¿Te gusta lo rápido? –se rio–. No estaba seguro.

–Me gusta lo rápido, pero también me gusta lo fiable. No todo el mundo se vuelve loco por comprar cosas nuevas solo para desprenderse de ellas después de haberlas usado una sola vez –declaró, irguiéndose.

–¡Ay! –exclamó, llevándose la mano al pecho–. Creo que la rosa tiene espinas.

–Suele ocurrir –contestó mientras colocaba las dos que le había dado en la cesta que iba detrás–. Gracias por una noche muy interesante.

Sabía que estaba demasiado cerca, demasiado en medio, pero no era capaz de separarse.

–¿Solo interesante?

Ella asintió sin dejar de mirarlo a los ojos. No parecía estar respirando. Bajó la mirada a sus labios. Estaba recordando, lo sabía por instinto, cada momento de aquel beso y sonrió al recordar la fuerza de la atracción que había entre ellos.

–Ten cuidado –le dijo. No quiso decir adiós, porque tendría pronto de vuelta a aquella turista merodeadora. Y la próxima vez, estaría en su cama y bien despierta.

Capítulo 5

GRACIE utilizó el subidón de energía para pedalear más rápido, y un recorrido que le tomaba normalmente unos quince minutos, lo hizo en solo nueve. Subió a toda prisa las escaleras de su piso para ducharse y cambiarse. Solo llegaría unos minutos tarde, pero al volver, a punto estuvo de tropezarse con un hombre de edad que revisaba las ruedas de su bicicleta.

–¡Alex! –sonrió, complacida de verlo mejor–. ¿Por qué te has levantado tan pronto de la cama?

–Tienes la batería de la luz casi agotada –protestó.

–Deberías estar en la cama, recuperándote.

–Quería verte.

–¿Para saber de tus rosas? –bromeó–. Ten –dijo, ofreciéndole las dos que llevaba en la cesta–. Están perfectas, como puedes ver.

–Ya lo veo, sí.

Pero en realidad le estaba prestando más atención a ella que a las rosas.

–En serio, deberías volver a entrar y descansar –insistió, con los brazos en jarras.

–Deja de mangonearme tanto. Sofía se ha pasado media noche aquí, mangoneándome –contempló las dos rosas–. ¿Disfrutaste anoche de los fuegos?

–Sí.

–No te oí llegar, y no estaba seguro de si…

Gracie sonrió, azorada. Al menos había alguien en su vida que se preocupaba por ella, y era muy agradable.

–Se hizo tarde, y acabé quedándome en casa de un amigo.

Los ojillos de Alex brillaron.

–La sobrina de Sofía, Stella, se pasó después de los fuegos y nos enseñó unas fotos de la fiesta del *palazzo* en el teléfono.

¿Fotos? No se le había ocurrido pensar que la gente podía hacer fotos.

–Fuiste al *palazzo* al festival –dijo al fin.

–Sí –contestó. Mantener su paradero en secreto iba a ser imposible–. Conocí al dueño de la villa mientras regaba las rosas y me invitó a acompañarlo. No podía decir que no a la oportunidad de ver por dentro del *palazzo*.

–Claro que no. ¿Es agradable?

Quizás no fuera el término más adecuado para describir a Rafael.

–Parece que lo es.

–Entonces, mis rosas estarán a salvo.

Gracie se rio.

–¡Estaría loco si las tocase! Creo que sabe bien cómo preservar sus mejores valores, y las rosas lo son.

–Supongo que eso es bueno –dijo, pero sin sonreír–. ¿Podrías echarles otro vistazo esta tarde, por favor? Hoy va a hacer todavía más calor.

–¿Estás seguro que es necesario?

Volver allí iba a ser mortal. Rafael daría por sentado que ella también formaba parte del grupo de sus acosadoras.

–Sí –respondió, sentándose pesadamente en la silla que tenía junto a la puerta, al lado de su jardín en macetas y tosió un par de veces–. De verdad agradezco tu ayuda, Gracie. Es fácil que se deshidraten.

Qué ganas tenía de salir de allí. Tanta modelo de piernas interminables, maquilladores, fotógrafos y sus muchos asistentes, le estaban volviendo loco. Pero peor aún era la tentación que Grace le había dejado y que le había robado la paz. Y además, tenía razón: los dulces no estaban igual sacados del congelador que recién hechos, así que tomó el coche y condujo a Bellezzo.

Era un pueblo pequeño, casi una colección de edificios viejos que se aferraban a la colina del lago, pero los seiscientos y pico habitantes que el cartel decía que tenía parecían estar haciendo cola ante la *pasticceria*. Era bar, pastelería y café, todo en una pequeña tienda en un rincón de la plaza. Vio una vieja bicicleta apoyada contra la pared de un callejón y aparcó el coche, y un delicioso olor le empujó a entrar en el pequeño café. Hizo una pausa en la puerta y parpadeó varias veces. Era sorprendente la cantidad de gente que esperaba a ser atendida. Los dulces tenían que ser magníficos, porque no solo esperaban los turistas, sino también los locales. No podía ver lo que se vendía por la cantidad de gente, pero sí que podía ver al personal detrás del mostrador.

Grace llevaba el pelo recogido en un moño y sonreía mientras se ocupaba de aquellos dulces de aspecto delicioso. No estaba sirviendo, sino horneando. Mientras trabajaba, ayudaba con lo que los turistas querían, traduciendo, interpretando, riendo.

–Necesito otra docena, Gracie –le pidió en italiano una mujer mayor, claramente su jefa.

–Marchando.

Volvió a mirar la cola que le precedía. Un par de ti-

pos, claramente turistas, observaban a Grace con la
misma clase de hambre que él intentaba reprimir. Contempló con desmayo cómo el mostrador se iba vaciando
a manos del centenar de clientes que iba antes que él. La
boca se le hacía agua y el estómago le rugía más que a
ella aquella misma mañana. Pero lo peor era el zum-
bido de la sangre por todo el cuerpo. Por fin llegó su
turno ante el mostrador… y de encontrarse con su mirada.

–Ah…

Rafe sonrió al ver cómo se había sonrojado.

–Necesito comida –le rogó antes de que ella pudiera
decir algo–. Ya no puedo más con la gente de la sesión
fotográfica.

–¿Los de la publicación de moda? Creía que las modelos no comían nada… o al menos, no dulces rellenos
de crema pastelera.

–Estos dulces tentarían al más pintado –se moría de
hambre. Hambre de todo–. Tú los has hecho. Tú eres la
tentadora.

Ella volvió a sonrojarse, pero antes de que pudiera
decir nada, volvió a rogar:

–Se están acabando deprisa, y de verdad que no
quiero quedarme sin nada.

–Siempre los vendemos antes de que llegue la hora
de la comida.

–No me sorprende.

–¿Quieres que te los ponga variados?

–Para nueve personas, y para mí.

–¿Tienes mucha hambre? –sonrió, pícara.

¿Estaba flirteando con él?

–Un hambre saludable, diría yo. ¿Le has dado a
Alex las rosas?

–Sí, gracias –contestó, feliz–. Creo que tenía miedo
de que fueras a arrancar los rosales.

–¿Por qué iba a hacer eso? Me gustan las cosas bonitas.

–Te gusta coleccionarlas.

–¿Y a quién no le gusta pasar tiempo con lo que es hermoso? Bella y sus rosas.

Cerró la caja y le colocó una pegatina para que no se abriera.

–No tienes que esforzarte tanto –contestó en voz tan baja que tuvo que acercarse para oírla–. Ya sabes que basta con que muevas un dedo.

Estaba tan satisfecho de oír tal admisión que tuvo que sujetarse en el mostrador.

–Pues no lo sabía. Es que no haces nada como yo me espero.

–¿Ah, no?

–Eres impredecible. Desde luego no te pareces a ninguna otra mujer que yo conozca.

–Con tantas que conoces, ¿son todas predecibles?

–No te voy a mentir –sonrió con desvergüenza–. ¿Qué tienes que te hace tan distinta?

Dejó la caja sobre el mostrador y la empujó hacia él.

–No he tenido una infancia normal –confesó.

–Eso sí que es predecible –se rio–, porque ¿quién la tiene?

–Aquí tienes –concluyó con una sonrisa, empujando un poco más la caja.

–Gracias.

–Que tengas un buen día.

–Eso pienso hacer –sonrió.

«¿Que tengas un buen día?» ¿Pero se creía que estaba trabajando en una cadena de comida rápida? ¿De verdad se creía que podía llegar a algún lado flirteando con ese hombre? ¿Había sido ella quien había dicho que bastaba con que moviese un dedo? ¿Por qué narices había dicho eso? ¿Es que se le había cortocircuitado el cerebro?

Y todo lo que él había hecho a modo de respuesta era salir del bar sin tan siquiera mirar atrás.

La descarga eléctrica que había sentido al verlo se veía ahora ahogada al pensar en lo que Rafael Vitale iba a hacer aquel día: modelos, dulces, sol, más modelos… todo ello en una hermosa villa al borde de un lago con una piscina infinita y un galardonado jardín histórico… ¿había mencionado a las modelos?

–¿Estás bien, Gracie? –preguntó Francesca–. Necesito que…

–Lo sé, me pongo ahora mismo. Perdona.

Francesca sonrió.

–¿Quién era?

–Nadie.

Iba a tener que decirle a Alex que ya no podía cuidar de sus rosas. Tendría que ir él porque ella no quería volver a acercarse a Villa Rosetta.

Ocho horas más tarde, avanzaba por los caminos serpenteantes del jardín de la villa maldiciendo a Alex. Había vuelto a jugar la carta de la invalidez para rogarle que fuese a regar sus rosas. Desde luego, aquella era la última vez.

Avanzó despacio con la bici porque aún hacía calor y porque no quería que nadie la viera, aunque la verdad es que la villa estaba en silencio. Igual se habían ido todos al lago. Llegó a la manguera y comenzó a regar.

–Esperaba que vinieras.

Estaba detrás de ella. Había llegado con esa forma suya de no hacer ruido, pero esta vez, cerró el agua antes de darse la vuelta.

–Rafael.

Por alguna razón iba descalzo, pero seguía siendo muy alto. Pantalón de vestir y camisa blanca remangada.

–Llámame Rafe, Gracie –miró la manguera que seguía sosteniendo–. ¿Por qué no hay un sistema de riego automático?

Ella tragó saliva, preguntándose por qué la versión familiar de su nombre en aquellos labios sonaba distinta.

–A Alex le gusta hacer las cosas despacio y como es debido. A mano. Le gusta revisar uno a uno los rosales. ¿La sesión ya ha terminado?

–Sí. Se han vuelto a Milán.

–¿Y te has quedado sin orgía con las modelos?

Aquella estúpida pregunta se le escapó de los labios antes de que pudiera detenerla.

–Es una buena idea, pero no es lo que prefiero hacer esta noche –sonrió–. Siento desilusionarte. No estoy seguro de si te acuerdas, pero anoche me besaste y esperaba que pudieras volver a hacerlo.

Sus palabras la impactaron. Recordar el beso era algo que había estado intentando no hacer.

–¿Te besé yo? –preguntó.

–Sí –sonrió como si fuera un crío–. Y me gustó.

Se había quedado sin palabras, pero el resto de su cuerpo reaccionó intensamente.

–Creía que podías apreciar mi sinceridad –añadió él–. ¿Recuerdas al menos que nos besamos?

–No tuve una conmoción cerebral –respondió, y dio un paso atrás–. No lo he olvidado.

–Pero no me has dicho nada.

–Tú, tampoco.

Hubo un momento de silencio en el que no supo qué decir, mientras él seguía mirándola y ella, cada vez más tensa.

–¿Crees que te plantearías volver a besarme? –preguntó al fin–. Espero que la respuesta sea que sí. No he sido capaz de pensar en otra cosa todo el día.

–¿Ni siquiera con todas esas modelos danzando por aquí?

Sus palabras le habían pillado tan de sorpresa que habló sin pensar.

–Me importan un comino las modelos. Solo te deseo a ti.

Su vehemencia la dejó inmóvil.

–Si vuelvo a besarte –le preguntó con un hilo de voz–, ¿tú me besarás también?

–Cuenta con ello.

No pudo evitar sonreír.

–¿Y qué más piensas hacer?

–Todo lo que tú me dejes –ladeó la cabeza y la miró a los ojos.

Un fuego le corrió por las venas. Acababa de prometerle lo que nunca había tenido. Lo único que tenía que hacer era tender la mano y tomarlo, y esa parte irreflexiva de ella tomó el control.

–Entonces, acércate –ordenó.

Un placer no exento de arrogancia brilló en sus ojos al cumplir sus órdenes, pero cualquier pretensión de ser la jefa en aquella situación era risible. Era como una marioneta al final de la cuerda. Un tirón, y haría lo que él quisiera. Pero es que ella también lo quería, y lo iba a tener. Daba igual que estuviera loca.

Se puso de puntillas y rozó sus labios levemente. Fiel a su palabra, Rafael la besó, pero fue un beso ligero como una pluma, como si temiera que pudiera dar marcha atrás en cualquier momento. Soltó la manguera en el suelo y le rodeó el cuello con los brazos, a lo que él contestó ciñéndole la cintura y apretándola contra su cuerpo. Grace entreabrió los labios de placer y él aprovechó para acariciar el interior de su boca con la lengua, ahondando en el beso.

Así que la sensación burbujeante que había experimentado la noche anterior no se debía al efecto del champán… aquella inmediata e incandescente respuesta no había sido un sueño.

Pues no. Ser besada por Rafael Vitale estaba siendo categóricamente la experiencia más placentera de su vida. Sin dejar de besarla, la tumbó sobre la hierba y soltó su pelo.

Tomó un momento para quitarse la camisa y Grace contempló su belleza e inhaló el perfume de madera que emanaba su piel. Con la hierba, las rosas, el dulce calor del verano… no necesitaba champán que le volviera demasiado ligera la cabeza.

Una lluvia de besos cubrió su cara, su mentón, sin dejar de acariciarla hábilmente, concienzudamente, sin titubeos. Se estremeció y registró vagamente que había desabrochado los botones de su blusa y que sus pechos estaban sueltos porque le había desabrochado también el sujetador.

Le vio arrancar una rosa del rosal más cercano y, deshaciéndola, dejó que sus pétalos cayeran en cascada sobre ella como copos de nieve perfumados. Juguetón, espontáneo y fuerte, la llevó en volandas con su seducción. Le vio bajar la cabeza para cubrir con la boca un pezón enhiesto, lo que provocó una llamarada de puro erotismo en su vientre y, por instinto, levantó hacia él las caderas.

—Bella y sus rosas —murmuró, acariciando su piel con uno de los pétalos—. Esta noche quiero ver tus fuegos artificiales, Gracie.

Teniendo en cuenta que su cuerpo iba tres pasos por delante de la razón, le pareció que eso no iba a plantear ningún problema.

–Pero también me gustaría hacer las cosas bien –continuó–, despacio y manualmente –añadió, deslizando una mano bajo su falda.

Gracie apenas podía respirar, y le vio bajar su hermoso rostro hacia un destino sorprendente. ¿Iba a permitírselo? Sí, sí que iba a hacerlo. Porque de pronto no quería ir despacio, ni quería delicadeza. Simplemente lo quería todo. Y ya.

–La rapidez también tiene sus ventajas –dijo, estremeciéndose al sentir el roce de su barba incipiente en la cara interior de los muslos.

–En este caso, no.

Pero no había modo de detener las sensaciones abrasadoras que estaba despertando con tanta facilidad en su interior. Con el calor, el olor y el poder de él, cada caricia la enviaba más y más al fuego. Sin aliento, sin poder dejar de moverse, levantó las caderas, recibiendo la caricia de sus dedos y el roce de sus labios. Cuando su beso traspasó la barrera de sus bragas, dio un respingo por puro instinto.

–Oh… –gimió, arqueando la espalda–. ¡Rafe!

Bastó una caricia más para que unas sensaciones insoportablemente buenas pasaran de célula a célula hasta que su organismo entero, sediento de placer, cobró vida y ella gritó de éxtasis puro cuando unos espasmos la azotaron una y otra vez, una y otra vez, hasta que fueron tornándose más suaves y cedieron, dejándola sin aliento, sin huesos sólidos, sin energía.

–*Caramellina* –susurró, tumbándose sobre ella para sujetarla bajo su cuerpo–. Demasiado rápido –se rio.

Aturdida, Gracie abrió los ojos y se encontró frente a los de él. Vio humor en ellos, junto con la satisfacción de haberla satisfecho «demasiado rápido». Pero también vio su necesidad, y una deliciosa anticipación la recorrió. ¿Qué querría exactamente que hiciese ahora?

La idea de hacerle a él lo mismo que le había hecho él a ella hizo que un estremecimiento le recorriera la espalda.

Dos fuerzas internas y poderosas inundaron su alma: gratitud y codicia. Adoraba lo que acababa de hacerle, y quería más. Lo quería todo.

Sabía que para él no significaba nada. No era más que un momento placentero en una tarde soleada de verano. Para ella era más… era una ocasión, allí, ahora. Quería todo lo que tuviera que ofrecer, y aun sabiendo que eso sería todo lo que él querría y podría dedicarle, le parecía bien. Pero Rafe había sido sincero con ella y tenía que pagarle con la misma moneda.

–Hay algo que debes saber –le dijo antes de que le entrase el miedo–. Es la primera vez que lo hago.

–¿El qué? ¿Tener sexo al aire libre una tarde de verano?

–No. Ni en una tarde de verano, ni al aire libre. Nada.

Capítulo 6

RAFE la contempló sin pestañear.

–¿Eres…?

–Virgen. Sí –se rio al oírle tropezar en la palabra–. Nunca he… hecho esto. Tampoco me ha hecho nadie lo que tú acabas de hacer –le confesó con una sonrisa de compromiso.

Pero quería que ocurriera. Lo quería todo. Acababa de permitirle hacer algo muy íntimo y quería que hiciera también todo lo demás.

–No te lo digo porque quiero que pares, sino porque… porque he pensado que debías saberlo. Por si supone alguna diferencia.

La estaba mirando como si fuera un extraterrestre.

–¿Quieres decir si la diferencia es perderla aquí, sobre la hierba, en cinco minutos?

–Me gusta estar sobre la hierba –confesó, ya que no le quedaba nada que perder–. Huele bien, y hace que me sienta libre. Y no me importa que sea rápido, si es todo lo que puedes ofrecer.

Él abrió los ojos de par en par y rompió a reír. Luego se acercó y le apartó un mechón de pelo de la cara.

–¿Cómo es posible que seas virgen?

–¿Qué quieres decir con que cómo es posible?

–Pues que eres…

–¿Qué?

–Tan natural.

–¿Eso es bueno?

–Sí.

–Pues no te detengas –susurró.

Él se acercó aún más, pero no para tocarla, sino para hablar suavemente.

–¿Por qué vas a tirar algo que obviamente es importante para ti con alguien al que acabas de conocer? ¿Por qué quieres hacerlo?

–¿Qué te hace pensar que es importante para mí? Simplemente es que no he estado en situación de poder hacerlo antes. Ahora es un buen momento, y ya está.

–Vaya… qué suerte la mía –replicó con sequedad–. Sé más sincera. Cuéntame el resto. Si confías lo suficiente en mí para decirme que quieres entregarme tu virginidad, explícamelo todo. Cuéntame por qué.

Grace suspiró y reunió el valor suficiente para seguir hablando.

–He pasado mucho tiempo huyendo. Mucho, mucho. Y ahora por fin estoy en un lugar en el que quiero quedarme, soy feliz, y lo que antes creía que quería resulta que ya no es lo mismo. Antes no quería entregar mi virginidad así como así. Quería que significase algo.

–¿Algo como qué? –su expresión se congeló–. ¿Amor verdadero?

–¡Me habría gustado que te vieras la cara que tienes en este momento! –rio.

–¿Te estás quedando conmigo?

–No. Te estoy diciendo la verdad. Lo que pasa es que tú no estás escuchando lo más importante. Soy sincera –se encogió de hombros–. Antes mentía sobre todo, y es algo que no quiero volver a hacer. Mentía sobre quién era. Sobre de dónde venía o cómo me llamaba.

–Cositas, sí –la miró fijamente–. ¿Por qué?

Puede que fuera el efecto orgasmo. O quizás, el nido que Rafe había creado con sus brazos. Puede que se debiera al hecho de que había cruzado ya tantas líneas que ¿qué más daba una más? Puede que se debiera a su convencimiento de que la verdad la haría libre.

—Mis padres se separaron cuando yo tenía siete años. No se pusieron de acuerdo con la custodia y el tema se puso muy feo. Al final, mi madre me raptó y pasamos doce años moviéndonos cada pocos meses para escapar de él.

Rafe la miró boquiabierto y la estrechó entre sus brazos.

—Le aterraba pensar que pudieran raptarme, así que pasé años dando clases en casa. En ocasiones iba a colegios, siempre tan lejos como fuera posible, y sin quedarnos en un mismo sitio mucho tiempo.

La expresión de su mirada se había suavizado.

—Debiste pasar mucho miedo.

—Constantemente. Mi madre hizo lo que le pareció mejor, y mi padre no dejó de luchar para encontrarme.

—¿Y qué paso? ¿Volviste a ver a tu padre? ¿Condenaron a tu madre? ¿Cómo está ahora?

—Complicado —respondió, e intentó sonreír—. Crecí lo bastante para tomar mis propias decisiones, y le dije a mi madre que quería volver, así que volví, yo sola, y convencí a mi padre de que no presentara cargos contra ella.

—¿Y accedió?

Asintió. Había vivido con él más de un año, intentando encajar en su nueva familia. Intentando complacerlos a todos.

—Mira, ocurrió y no puedo dar marcha atrás para cambiarlo —resumió—. Solo puedo seguir adelante y asegurarme de conseguir lo que quiero.

—¿Y qué quieres?

—Sentirme segura. Quiero un hogar.

—¿Y has escogido Bellezzo?

—¿Por qué no? —se encogió de hombros—. Es un lugar hermoso y cálido, la comida es deliciosa y la gente agradable.

–Pero no tienes familia aquí.

–Tengo amigos. Estoy creciendo en mi carrera y tengo permanencia.

–La permanencia no existe –respondió–. Y menos aún en las relaciones.

–Esto es una advertencia, ¿verdad? Quieres asustarme para que retire mi ofrecimiento –sonrió–. No es necesario que lo hagas. Quiero casarme algún día, y no voy a disculparme por eso, pero…

–¿Quieres casarte? –repitió como si le hablase a una lunática–. ¿Y tener hijos, después de lo que tus padres te hicieron pasar?

–No te asustes, que no te lo estoy pidiendo a ti. Ni que nos casemos, ni que tengamos hijos. Esto… lo que tenemos aquí y ahora, es solo una experiencia de la que no quiero privarme.

Rafe no contestó. Estaba claro el conflicto de emociones que había en sus ojos y sintió que la oportunidad se le escapaba.

–¿Crees que no voy ser capaz de manejarlo?

–No. No sé si lo serás.

–No es a ti a quien corresponde tomar la decisión, sino a mí –discutió–. Es mi cuerpo, y sé que podré manejarlo. Te sorprendería a lo que ya me he enfrentado.

–No quiero que pienses que te subestimo.

–Entonces no dudes de mi capacidad para tomar esta decisión.

–¿Y no es una decisión precipitada tomada en caliente?

–Por supuesto que lo es –se rio–, pero ¿qué tiene eso de malo? Estoy dejándome llevar por mis sentidos en este momento y eso es bueno, y no, no voy a lamentarlo después.

Se movió un poco. Seguía con ella. Seguía acariciándola. Era tan fuerte y tenía tanta experiencia, mientras que ella no tenía nada que perder.

—Besas de maravilla –dijo–. Creo que lo harás bien conmigo. Me merezco un buen trabajo habiendo esperado tanto.

—¿Beso bien? –preguntó, pasándose una mano por la frente.

—De maravilla.

A pesar de que seguía excitado, seguía resistiéndose, y la frustración de Gracie creció.

—Es solo lujuria, ¿vale? ¿Y no se termina la lujuria después de hacerlo? ¿No está todo en la anticipación, en lo desconocido? Y cuando ya lo has tenido, pues ya no sientes tanta necesidad. Es como con mis dulces. La gente no vuelve a repetir. Son una golosina para una sola vez.

—He visto la cola que había hoy –respondió, negando con la cabeza–. La gente vuelve.

—Vale, puede que los coman dos veces, pero no diez.

—¿Estás diciendo que soy tu golosina?

—Sí –admitió–. La vida es muy valiosa, ¿no? Pasa rápido, y puedes perderte capítulos enteros sin darte cuenta. Debería tener momentos salvajes. ¿No te parece que este puede ser uno?

—¿Un momento salvaje?

—Y libre –sonrió–. Sí. ¿Por qué no me dices de verdad qué es lo que te está haciendo dudar tanto? Si no quieres, pues no quieres, y ya está. No andes con paños calientes. Basta con que digas no.

Lo empujó pero él no se movió.

—¿No es el sueño de todo hombre disfrutar de una virgen? –intentó el último argumento desesperado.

—Tú sí que eres la fantasía de cualquier hombre, con el rollo virgen o sin él. Y sí que quiero. Quiero hacerlo contigo. Ahora.

–¿Por qué? –lo desafió–. Querías sinceridad por mi parte y yo quiero lo mismo.

–Me haces reír –replicó, mirándola a los ojos.

–¿En serio? –se indignó, intentando salir de debajo de él–. ¿Soy tu bufón?

Tuvo la desfachatez de echarse a reír primero, pero luego la sujetó con fuerza para que no pudiera escapar.

–Me encanta pasar tiempo contigo. Me gusta mirarte. En mis brazos eres increíble, y sé que me va a volver loco darte placer. No pienso parar hasta que lo consiga.

Un repentino calor le abrasó el cuerpo.

–Eso es lo que quiero por encima de cualquier otra cosa –añadió–. Sé que puedo. Ya lo he hecho –se acercó más a ella, hasta rozarla con los labios al hablar–. No puedo contenerme más.

Ella entreabrió los labios y él se lanzó. Las sensaciones la desbordaron y lo besó apasionadamente, pero de pronto él se separó.

–Deja de jugar conmigo –le dijo en voz baja, herida.

–Debería, pero no puedo –contestó, y se metió la mano en el bolsillo–. ¿No habías pensado en esto? –le mostró un paquetito plateado–. Podemos ser salvajes, pero no estúpidos.

Ella lo miró confusa.

–Te vi desde la ventana y me lo metí en el bolsillo –explicó.

Grace tardó un segundo más en darse cuenta de qué era.

–¿Estabas decidido o era más bien una esperanza? –le preguntó mientras veía cómo se quitaba el resto de la ropa y abría el paquetito.

–Ambas cosas. Como tú.

–¿Me has hecho responder a todas esas preguntas estando ya decidido? –se indignó.

–Estaba decidido hasta que dejaste caer la bomba.

No contestó porque ya se había quedado desnudo y ella, boquiabierta. Era magnífico… hombros anchos, caderas finas y, entre medias, músculos. Y en la unión de sus muslos…

Le vio colocarse el preservativo mientras ella lo observaba inmóvil y en silencio.

«Ay, Dios. Ay, Dios. Ay, Dios».

Levantó la cabeza y la pilló mirándolo boquiabierta, lo que le hizo sonreír sin la más mínima vergüenza. Un segundo después, atacaba de nuevo sobre la hierba. Ella recibió bien su dominancia, ya que necesitaba su experiencia y su guía. Principalmente, sus caricias. Ya no discutía. Se había puesto manos a la obra, y era exactamente lo que necesitaba sin saberlo.

La besó hasta dejarla sin aliento. Las piernas se le abrieron un poco como por voluntad propia y sus caderas parecían tener vida propia. Él se rio.

–No vas a tenerlo tan rápido –le dijo–. Me voy a tomar mi tiempo contigo.

No quería que se tomase su tiempo, que ya habían perdido suficiente hablando. Lo quería ya. La besó largamente y ella se dejó ir en aquel calor hedonista. Era tan hábil con sus caricias, ardientes, sabias y seguras. Le quitó la falda y las bragas con una lentitud que rayaba en la tortura, desnudándola por completo para su mirada, sus caricias y su lengua.

–Rafe… –gimió cuando sintió un dedo en su canal aún cerrado, pero antes de que pudiera decir nada más, deslizó la lengua por aquel nudo tan sensible. Una y otra vez, su dedo iba llegando más hondo. Fue tan repentino. Tan intenso. Tan fantástico.

Comenzó a temblar.

–Rafe… voy a…

–Lo sé –se incorporó–. Estás tan caliente que no puedo…

Dejó de hablar y la besó, remedando con la lengua la invasión que ella tanto deseaba mientras mantenía la mano entre sus piernas, aprendiendo sus secretos, hundiendo y retirando un dedo, después dos, y ahora estaba tan a punto que los músculos se tensaron esperando el orgasmo inminente.

Mientras ella gemía desesperadamente, le hizo abrir un poco más las piernas y se acercó más. Un deseo ardiente, abrasador, lo nubló todo. Quería… ya no sabía qué. Quería que dejase de alargarlo, que se acercase más, pero seguía besándola, seguía acariciándola, moviendo el pulgar sobre su clítoris, pero manteniendo lejos la parte de él que ella más deseaba.

–Rafe… Rafe…

Justo cuando la tensión la empujaba a levantar las caderas, él apartó la mano para sujetarla por las nalgas y penetrarla.

Grace gritó. La sorpresa la dejó sin aliento. Oyó el gemido de él, un sonido de puro placer masculino.

Estaba dentro. Estaba dentro de ella, y era enorme y… y quemaba.

Se aferró a su espalda, recibiéndole, rodeándolo con sus músculos. De verdad estaba allí, con ella, dentro de ella, y era intenso.

Rafe mantenía la boca a un centímetro de la de ella, pero no la besaba. También se había quedado inmóvil. Pero fue en aquel momento cuando lo deseó más.

–¿Estás bien? –le preguntó cuando el silencio le pareció largo. Estaba desesperada porque se moviera, porque volviera a besarla, porque la tocase. Estaba ya tan cerca…

–Se supone que soy yo el que tenía que preguntar eso.

–No respiras –dijo. Pero, en realidad, ella tampoco. Solo esperaba.

–Estoy intentando no perder el control –sonrió, pero con los dientes apretados.

–¿Qué pasaría si no lo lograses?

–Pues que esto terminará demasiado pronto y no tendrás la experiencia que te mereces –con un gemido, la besó de nuevo con fuerza–. El problema es que estás demasiado rica. Demasiado.

–Me siento bien. Tan bien… –se incorporó para alcanzar sus labios–. Sí.

Rafe quiso satisfacerla y volvió a besarla, tomándose su tiempo. Sí… eso era lo que ella quería. Besos. Caricias. Y mientras la acariciaba, su cuerpo se destensó y de algún modo entró más en ella. Se quedó sin aire de pronto porque ya no estaba quieto. Se movía mientras con una mano se agarraba a su nalga y con la otra excitaba su pezón. Se movía en un ritmo firme, lento, hacia delante y hacia atrás, hacia delante y hacia atrás, y su cuerpo tenía cada vez más temperatura, sudaba, resbalaba, se ajustaba más a él, y tenía tanto calor que estaba incandescente de necesidad.

Rafe se incorporó y buscó con la mano el punto que ya antes había recibido sus atenciones, que era justo donde lo necesitaba. Grace tomó aire de repente, y vagamente registró el olor a hierba y a pétalos de rosa. El cielo azul y la luz del sol brillaban, pero su visión estaba centrada y solo lo veía a él, solo lo sentía a él. La mejor sensación era la de tenerlo dentro.

–Es increíble… –murmuró.

La respiración se le aceleró. Sus caricias, sus besos, su forma de moverse, todo ello estaba desatando unas descargas eléctricas en su interior.

–Es sexo –bromeó él con todos los músculos en tensión–. Se supone que son sensaciones que deben gustarte.

–¿Ah, sí? –jadeó, mirándolo y acariciando sus brazos. No tenía ni idea de que podía ser así. Rafe era un hombre atractivo y fuerte, y ella se sentía febril y hambrienta–. Lo que me he perdido…

–Pues vamos a compensarlo, ¿no? –sugirió, y su movimiento se tornó algo más duro.

–Sí… –gimió, arqueando la espalda.

Vagamente le oyó maldecir y sintió que la sujetaba con más fuerza mientras ella convulsionaba. La euforia se desató en su cuerpo, retorciéndola, deshaciéndola.

Poco a poco, los espasmos fueron cediendo, y aquella deliciosamente cálida sensación de satisfacción se extendió por sus miembros. Por fin algo de cordura volvió.

–Gracias –musitó.

Él apretó los dientes. Aún seguía dentro de ella y la abrazaba, mirándola como si la quemase. Aún parecía decidido, intenso… y necesitado. Hambriento.

–Rafe…

–Creo que no voy a poder contenerme más, Gracie –le advirtió entre dientes.

¿Se había estado conteniendo?

–No lo hagas –contestó, arqueándose para hacerle más sitio dentro de su cuerpo–. Quiero que disfrutes de esto tanto como yo.

Él se rio, casi ahogado.

–¡Y lo estoy disfrutando, ya lo creo que sí! Lo que pasa es que estoy a punto de perder el control.

Una oleada de emoción le cerró la garganta porque en aquel momento comprendió lo centrado que había estado en satisfacerla a ella, algo que significaba mucho y le hizo confiar en él por completo. Pero vio la tensión en sus rasgos y quería que estuviera con ella en aquel momento. Todo de ella y todo de él.

Con una sonrisa en los labios, le dijo algo con toda sinceridad y en voz muy baja.

—Entonces, piérdelo conmigo.

En sus ojos pudo ver el instante en que ese resto de control saltó. Agarrado a sus caderas con tanta fuerza que resultó casi doloroso, la penetró más hondo, más rápido y con un gruñido feroz, tiró de ella aún con más fuerza y su ritmo y su intensidad fueron tales que pasó casi a otra dimensión. Los dos gritaron al mismo tiempo. Con los brazos, el cuerpo y la boca se colgó de él, cabalgando juntos a aquella estratosfera de deleite y tensión. Los pétalos aplastados se adhirieron a su piel sudorosa, llenando el aire con una aroma dulce. Desbordada, se arqueó hacia él, gimiendo en un éxtasis puro.

—Sí —musitó entre dientes Rafe—. Sí, Gracie. Sí.

Su mundo estalló y un caleidoscopio de sensaciones explotó, lanzándolos a ambos a un tornado de euforia.

Fue mucho, pero mucho mejor que bueno.

Capítulo 7

RAFAEL Vitale quería quedarse donde estaba para siempre. «Que me cuelguen si no estoy deslumbrado por completo. Que me cuelguen si no soy un egoísta y codicioso que ha tomado lo que ella le ha ofrecido y más aún». Y no debería haberlo hecho. Debería haberse parado en el momento en que ella le había revelado su sorprendente secreto. Pero ya la había probado demasiado.

Había intentado ir despacio, ser cuidadoso, pero ella no había ido despacio ni había sido delicada con él, sino intensa, receptiva, apasionada, tan fuerte como dulce. Cuando él había perdido la cabeza, ella lo había acompañado. Había sido una cabalgada más dura de lo que quería, pero buscar su propio orgasmo más allá del punto de tortura para poder disfrutar de su respuesta sin restricciones le había conducido a una apasionada liberación que no había podido controlar, más rápida y más física de lo que había planeado. Sin embargo, había sido el mejor sexo de su vida y ver cómo le estaba costando que la respiración volviese a la normalidad le resultaba intensamente satisfactorio.

Levantó la cabeza y encontrarse con su belleza fue un asalto a su alma. Tenía los labios inflamados de sus besos, la piel blanca enrojecida donde su barba la había rozado y donde él la había mordido. El moño, ya deshecho dejaba libre su pelo sobre la hierba, y pequeños pedazos de los pétalos rotos se habían prendido de él.

Estando prendido de la luz de sus cálidos ojos castaños, sintió un estremecimiento en la base de su espina dorsal: puro placer y orgullo masculinos. Y lujuria. De nuevo.

Ella sonrió.

—¿Podemos volver a hacerlo?

El deseo volvió a incendiarlo, y aquella petición, aquella orden, fue algo que no tenía la capacidad de ignorar. Se levantó, la tomó en brazos y echó a andar hacia la villa.

—Rafe...

—Ducha. Cama —dijo—. Juntos. Ahora.

—Ah —aquella sonrisa suya de gatita se intensificó—. De acuerdo.

Cuando llegaron a la habitación principal, sus timbres de alarma aullaban a pleno pulmón. La intensidad de lo que estaba sintiendo con ella no era normal. ¿Tomarla en un lugar tan arriesgado? ¿A esa velocidad?

Lujuria, se explicó. Simplemente, lujuria.

Pero ella estaba tan despeinada, aún sorprendida, aún inocente a pesar de todo, que de pronto se preocupó. Él no estaba hecho para noviazgos.

—Tú entiendes que lo mío no son las relaciones, ¿verdad? —dijo al dejarla en la ducha.

Ella se apoyó contra la pared del fondo y lo miró.

—¿Tan malo fue lo de tus padres?

Era brutalmente honesta con él.

—Mi madre era cincuenta y tantos años más joven que mi padre —confesó de mala gana y abrió el grifo de la ducha—. Ella era una cazafortunas que sedujo a un hombre que estaba ya senil, y se quedó embarazada para asegurarse.

Cuando se volvió, ella lo observaba con solemnidad.

—¿Es lo que la gente te decía?

Eso y mucho peor. Era la descripción de aquellos que la juzgaban y que, por defecto, lo juzgaban también a él.

–No importa lo que dijeran.

–Sé bien cómo puede ser la gente, y sí que importa.

Había podido encajar las palabras. Los actos de los acosadores habían sido lo peor, y en particular, los de su medio hermano.

–Y no era cierto, ¿verdad? –dijo ella con suavidad–. Por eso duele, porque no pudiste defenderlos. Ella no era una cazafortunas y él no estaba senil.

–Bueno, desde luego rica no era –aclaró, y la hizo volverse para enjabonarle la espalda–. Y él era viejo.

–Pero se querían, ¿no?

–Para lo que les sirvió… pero sí, se querían.

–Ella le hizo feliz.

–Pero la reacción de sus hijos mayores, no. Y a ella le hicieron la vida imposible.

–Y por extensión, a ti también.

–Cuando murió mi padre, me enviaron a un colegio tan lejos como les fue posible. No todo fue malo –añadió, para evitar su compasión–. Aprendí a ser independiente, a sobrevivir y a tener éxito.

–¿Y qué fue de tu madre? –preguntó, volviéndose.

–Murió.

¿Cómo era posible que estuviera allí, completamente desnudo, hablado con aquella mujer sobre algo de lo que jamás había hablado con ninguna otra persona?

–Lo siento.

–Ya, bueno… –cerró el grifo–. Tú no lo has tenido mucho mejor que yo. ¿Cómo es posible que sigas creyendo que existe la relación que pueda durar para siempre?

–¿Y tú cómo puedes elegir vivir una vida sin esperanza ninguna?

–¿Sin esperanza? –se rio, y le puso una toalla sobre los hombros–. ¿Porque no quiero casarme y tener dos hijos?

–Deberían ser por lo menos cuatro –contesto, sonriendo.

–¿Cuatro? –repitió, estremeciéndose, y la llevó al dormitorio–. Así es como la gente acaba atrapada. Se hacen daño los unos a los otros porque se acomodan y permanecen juntos durante demasiado tiempo.

–Esa no es la razón de que se hagan daño. La gente madura y cambia, y a veces ese crecimiento no se hace en la misma dirección. A veces, están asustados, o son perversos, y a veces son perversos porque están asustados –se encogió de hombros–. No tengo todas las respuestas, por supuesto, pero la pérdida forma parte de la vida, y no significa que tengamos que renunciar a intentar algo que tenga significado para nosotros.

–No. A lo que no debemos renunciar es a lo que nos resulte placentero. Tú planeas el fin en el comienzo –sentenció, y dio un paso para acorralarla contra la cama.

–Y tú lo haces encajar en un marco temporal.

–He descubierto que así es más divertido. Corto y dulce. Así no hay confusiones.

Y con un empujoncito, cayó sobre su cama.

–Antes de acostarte con una mujer, ¿le haces firmar un contrato?

–No lo necesito –rio–. Con una conversación suele bastar.

–¿Ah, sí? ¿Y no hay amantes desilusionadas o heridas en tu pasado?

–No es culpa mía si una mujer cambia de expectativas inesperadamente. Yo siempre soy muy sincero con lo que pueden esperar.

–¿Y lo que quieres no cambia nunca?

Negó con la cabeza mientras se arrodillaba en la cama.

–Tengo muy claro lo que quiero de la vida.

–Qué suerte –se alegró, poniéndole una mano en la mejilla–, pero creo que te pierdes muchas cosas.

–Habló la romántica inexperta –se inclinó para besarla–. No pienses que puedes cambiarme, Gracie. Así es como algunas de las mujeres de mi pasado han salido heridas.

–Eres inmutable. Lo pillo. Pero no pienses que tú sí que vas a poder cambiarme a mí. No necesito endurecerme. Soy más fuerte que tú.

–¿Por qué piensas eso?

–Por lo menos no tengo miedo de correr riesgos con alguna persona. No tengo miedo de poner mi corazón en juego.

Rafe se inclinó hacia delante.

–Y aquí es donde descubres mi secreto, Gracie. Yo no tengo corazón.

–Por supuesto que lo tienes –contestó, poniendo la mano en su pecho para comprobarlo–. Si no lo tuvieras, no estarías vivo. No puedes dejar de ser humano. Es imposible estar siempre a salvo.

–Sé cómo conseguirlo.

La distrajo con un mordisquito en el cuello.

–¿Manteniéndote ocupado comprando cosas nuevas? ¿Más propiedades de las que presumir?

–Manteniéndome ocupado con todas las cosas que me hacen disfrutar. Incluyendo esta.

–Pues a lo mejor debías dejar de hablar de una vez y ponerte manos a la obra. Si solo me vas a conceder un breve lapso de tu increíble compañía, no quiero malgastar ni un segundo –dijo, y le lanzó la toalla.

Él frunció el ceño y ella se echó a reír.

–Eres una descarada.

–Y tú, un consentido. Pero por suerte para ti, esto del sexo no se te da mal, y quiero más. Ahora. Por favor.

Fue el por favor lo que marcó la diferencia.

Rafe se despertó despacio, y al mismo tiempo que notó una cierta incomodidad en sus músculos, sintió deseo. Una sesión lenta de sexo mañanero estaría bien. Debía ser temprano, perfecto para poder saborearla otra vez antes de irse. Pero no sería un movimiento inteligente. Dada su inexperiencia, lo mejor sería que se marchara cuanto antes, aunque su cuerpo opinara lo contrario.

Con un gemido perezoso se volvió hacia ella, pero descubrió que no estaba a su lado. Las sábanas ya se habían quedado frías, e iba a llamarla cuando la vio entrar en la habitación, completamente vestida. Se había duchado y él ni siquiera se había enterado.

–¿Cómo es que ya te has levantado? –preguntó, desilusionado.

–Llego tarde a trabajar –sonrió–. Debería haberme ido hace media hora ya, pero espero que a Francesca no le importe, porque anoche se me ocurrió una idea fantástica para un relleno.

La miró sorprendido. ¿Había sido capaz de pensar aquella noche? ¿Cuándo había tenido tiempo de pensar?

–Así que tengo que darme prisa, pero me alegro de que te hayas despertado –continuó–. No quería andar buscando papel para dejarte una nota.

¿Se iba a ir sin despedirse? ¿No quería quedarse en la cama con él? ¿No le molestaba que la noche ya se hubiera terminado?

–Ha estado muy, muy bien, de verdad –siguió hablando–. Muchas gracias. Ha sido una experiencia única en la vida. Increíble.

Su halago no le proporcionó la satisfacción que sin duda pretendía. En lugar de ello, se sintió como un potro al que le hubieran dado la mejor calificación en la feria.

–¿Te marchas ahora mismo?

–Sí. Tengo mucho que hacer, y no puedo dejar sola a Francesca.

–¿Estás bien? ¿No tienes dudas?

–No, qué va. Ha sido increíble –se abanicó la cara y sonrió de ese modo tan tímido y sensual suyo–. Pero solo iba a ser una noche –corroboró–. Era tu estipulación y yo la acepto. No tendría sentido desear otra cosa, y no me resultaría útil.

Estaba preciosa, fresca y horriblemente lista para irse a trabajar. ¿Cómo era posible que pudiera pensar en otra cosa que no fuera volver a la cama junto a él?

–¿Por qué no te resultaría útil?

–Simplemente porque no –sonrió más.

–No puedo ser tan adulto como tú en esto –le dijo, sujetándola por la muñeca antes de que se le escapase–. ¿Te parece honestidad suficiente?

–¿Qué quieres decir?

–Pues que tú no quieres que esto sea algo más, y yo no quiero que te vayas. No quiero que te vayas de mi cama todavía.

Su sonrisa floreció, alertando hasta el último de sus músculos. Matándolo.

–Gracias por el cumplido. Me alegro de que tú también hayas disfrutado, pero de verdad que no puedo llegar tarde. Hay mucho que hacer.

Tenía razón: había mucho que hacer… más que mucho, todo. Tenían que empezar otra vez. Vio que lo miraba de arriba abajo y se acercó más a ella, pero Gracie se soltó.

–Tengo que irme. Hay muchas… otras cosas que tengo que hacer. He tenido una idea y creo que funcionará.

Y la vio salir hablando consigo misma mientras él se quedaba contemplando la puerta.

Capítulo 8

MAÑANA tendremos que preparar más, aunque sinceramente no sé cómo vamos a hacerlo.

Francesca cerró la puerta y se apoyó en ella. Habían vendido todas las existencias y un tercio más que habían preparado.

—Lo sé —contestó Gracie—. Tendré que empezar aún más temprano.

A pesar del cansancio, tener que pasarse las horas con el horno había sido lo mejor de aquellos días. Así no había tenido tiempo de darle vueltas en la cabeza a la persona a la que no quería recordar. Rafe no había vuelto a pasar por la pastelería, y ahora Alex estaba lo suficientemente recuperado para cuidar de las rosas, así que ella tampoco había vuelto por la villa.

Lo suyo había terminado, y estaba bien. Había decidido pensar en otras cosas. Lo que fuera. Como en hacer pasteles. Cientos y cientos de pasteles. Todos los días probaba algo nuevo para deleite de Francesca, así que valía la pena la falta de sueño.

—Tengo noticias —dijo Francesca, acercándose al mostrador.

—¿Buenas?

—De catering —aclaró, pero una expresión rara apareció en su cara—. Un cliente potencial quiere hablar contigo sobre un evento que va a celebrar en breve.

—¿Cuándo quiere que hablemos?

¿Por qué tenía la sensación de que parecía culpable de algo?

–Esta tarde. Ha pedido concretamente que estés tú. Si lo hacemos bien, pueden abrirse montones de puertas, teniendo en cuenta los nombres que van a aparecer en la lista de invitados.

Sintió un escalofrío recorrerle la espalda.

–¿Quién es el cliente?

–Rafael Vitale, el nuevo propietario de Villa Rosetta. Quiere que nos ocupemos del catering en una fiesta de inauguración que va a dar en su casa.

El corazón le latió tan fuerte que se puso la mano en el pecho para asegurarse de que las costillas podían contenerlo.

–¿Va a dar una fiesta?

–Una gran fiesta –asintió–, y me ha dicho que prefiere comunicarte sus necesidades en inglés.

¿Sus necesidades? ¿Cuatro días después y de pronto se daba cuenta de que tenía necesidades?

–¿Estás segura de que quieres ir? –preguntó Francesca, preocupada–. Puedo ir contigo si…

–Está bien. No hay problema.

Francesca estaba pasándolo mal por tener que pedirle aquello, y Rafael había hecho mal poniéndola en aquella situación. Ya le diría unas palabritas al respecto.

–¿Seguro? Genial. Tienes que encontrarte con él en la villa a las cuatro. Dice que ya conoces el código de seguridad para entrar.

Francesca a duras penas conseguía disimular su interés.

–Sí, lo conozco –contestó, y por primera vez en años, mintió–. Lo manejaré bien, no hay problema.

A las cuatro en punto, Gracie metió el código de seguridad y la puerta de la verja se abrió. Una vez más, tomó la impresionante avenida que daba entrada a la villa. Su coche estaba aparcado delante de la puerta y Rafael Vitale estaba de pie junto a la deslumbrante piscina. Alto, moreno y mojado. Había estado nadando, de modo que iba casi desnudo. Todo músculo y calor. Gracie lo miró fijamente, pero su mirada rebotó en su sonrisa. Lo había hecho a propósito.

El pulso le retumbaba en los oídos, impidiéndole pensar con claridad, pero iba a intentarlo.

—Tengo entendido que necesitas más pasteles para tus insaciables modelos.

—Cierto —sonrió más.

—¿Para una fiesta de inauguración?

Él abrió los brazos.

—Me han dicho que esta casa sería un hogar magnífico, mejor que un retiro vacacional de lujo, así que he pensado probar a vivir en ella un tiempo.

—¿Y esa es tu idea de vivir un tiempo en ella? ¿Hacer una fiesta para gente guapa?

—¿Es que esa no sería tu definición? —preguntó, apartándose el pelo mojado de la cara y certificando su físico de ángel caído—. Claro que no. Tú prefieres enterrarte en una aldea dormida con un montón de octogenarios.

Respiró hondo. Tenía que calmar sus sentidos.

—De aldea dormida, nada. Está llena de turistas y de posibilidades. Montones y montones de turistas.

—¿Crees que ya tienes dominado ese arte? —inquirió, entornando los ojos.

Ella se encogió de hombros.

—¿Siempre acudes a las reuniones de trabajo en bañador?

—Hace calor hoy.

Mentira. Se había desnudado deliberadamente, sabiendo que estaba a punto de llegar, mientras que ella iba más tapada de lo normal.

–Soy un cliente potencial muy rico. ¿No forma parte de tu trabajo acomodarte a mis excentricidades?

–¿Y no forma parte de tu trabajo comportarte como un ser humano decente y no utilizar tus… atributos en tu favor?

–¿Mis atributos? Tenía calor.

Sí, él siempre tenía calor. Lentamente echó mano a una toalla y se ciñó con ella las caderas.

–¿Mejor así?

No. Incluso parecía más sexy así.

–No juegas limpio.

Al ver su expresión satisfecha, mentalmente se dio un capón. Tenía que dejar de decir lo que se le pasara por la cabeza cuando estaba con él, porque siempre iba a ser algo inapropiado.

–Juego para ganar –contestó, acercándose–. Va a haber mucha gente en la fiesta. Montones de clientes ricos para tu catering. Un montón de publicidad para ti con todas esas modelos adictas a los selfies y su circo mediático. Ya sabes que les encanta hacer fotos a la comida.

–Estás intentando sobornarme.

–Sabes que soy un tío decente –respondió en voz baja–. ¿Por qué no me acompañas a la villa y tratamos los detalles? Puedo enseñarte las instalaciones.

–Creo que ya he visto las instalaciones –musitó, incapaz de resistirse a jugar con las palabras.

–Solo brevemente. Estoy seguro de que puedo hacerte comprender qué más puedes usar de lo que hay aquí.

–Lo que puedo usar…

–Hace demasiado calor aquí fuera. Nunca se sabe qué locura podría sobrevenir si nos quedamos mucho tiempo aquí fuera.

Al menos eso era cierto. Y era lo que él quería… de modo que sí, ella también le afectaba a él.

Entró la primera en la villa y sacó el móvil para tomar nota de los detalles.

–¿Cuántos invitados esperas?

–Entre cincuenta y setenta.

–Una buena fiesta.

–Vecinos, compañeros de trabajo, amigos…

–¿Gente a la que te gustaría impresionar?

–A la que me gustaría dar de comer –respondió, siguiéndola a la cocina–. Me tomo muy en serio mis responsabilidades como anfitrión. Me gustaría satisfacer las necesidades de todos mis invitados –hizo una pausa y se apoyó en el respaldo de una de las sillas–. No querría que nadie se quedara con hambre.

–Con hambre… –no podía seguir con la farsa, así que dejó el teléfono sobre la mesa–. Has utilizado esto como excusa para que vinera aquí sola.

–Sí.

–Poniéndonos a mi jefa y a mí en una posición difícil. ¿No sientes remordimientos?

–Me gusta conseguir lo que deseo. Suelo hacer lo que sea necesario para lograrlo –espetó, mirándola fijamente.

Jugar sucio. Romper las reglas.

–¿Y no se te ha ocurrido pensar que simplemente podías pedirlo sin más?

–No quería arriesgarme a que volvieras a decir que no – sonrió, despacio.

Gracie frunció el ceño.

–Tenías tantas ganas de irte el otro día que ni miraste atrás –aclaró.

–Espera. ¿Es que piensas que me pediste que me quedara?

Se había ido tan rápidamente como le habían dejado las piernas porque creía que era lo que él quería. Nada de despedidas incómodas o pegajosas. Y resulta que su marcha le había incomodado… no pudo evitar sonreír.

–Me dijiste que no querías que me fuera, pero no me pediste que me quedara. Y pensaste que, si venía hasta aquí, podrías convencerme en persona.

–Y que ayudaría si me veías casi desnudo, pero me parece que me ha salido el tiro por la culata.

Se dio cuenta de que se aferraba con fuerza a la silla y que tenía ligeramente alterada la respiración. Eso estaba bien.

–Has estado fuera.

–Sí. Por trabajo.

Dio un paso hacia él.

–Pero has estado en una fiesta en París.

–¿Cómo lo sabes? –preguntó, abriendo los ojos de par en par pero inmóvil.

–He visto las fotos.

–¿Me has buscado en Internet? –una sonrisa presumida brilló en sus facciones perfectas–. ¿Has creado una alerta por mí?

–No ha sido necesario. La gente del pueblo anda pendiente de tus andanzas, y por lo menos tres clientes se han tomado la molestia de enseñarme la foto con esa modelo.

–Qué amables. Debes estar encantada de haber tomado la decisión de vivir en un pueblo donde todo el mundo lo sabe todo de todo el mundo.

–No me avergüenza, ni me preocupa que sepan que he pasado tiempo contigo. Nunca lamentaré lo que pasó entre nosotros –declaró con la cabeza bien alta. Nunca sentiría vergüenza por ello.

–¿Pero?

–No voy a ser tu ligue para cuando estés en casa.

–Esta no es mi casa, y eso no es lo que quiero –contestó tranquilamente.

Gracie esperó a que se explicase.

–Me equivoqué con lo de solo una noche– suspiró.

—¿Ah, sí?

—Gracie, me dijiste que no te gustaban los juegos. Que preferías ser sincera.

—Tú dijiste que lo único que querías era sexo.

—Y lo sigo diciendo, pero es que quiero algo más que una sola noche —respiró hondo—. No quiero resistirme a ti. No puedo pensar en otra cosa.

¿También había sido así de bueno para él?

—Sin embargo, saliste corriendo —le dijo sin poder contenerse—. Te marchaste de Italia. Y no fue por trabajo.

—Pensé que a lo mejor ayudaba, pero no fue así.

—Te marchaste del país para huir de mí —dio otro paso hacia él—. No sé si sentirme insultada o halagada.

—Halagada —eligió él—. Y tú también me has echado de menos. Lo vi en tu cara al verme y lo veo ahora por el modo en que me miras. No intentes mentirme.

—Ya sabes que no lo voy a hacer, pero los dos sabemos que esto no debe volver a pasar.

—¿Por qué?

—Porque queremos cosas diferentes. Tú no quieres una relación.

—¿Por qué tiene que ser una relación? No tienes experiencia. ¿Por qué no adquirirla?

—¿Experiencia?

—Hay tanto que aún no has hecho, Gracie —la promesa en su mirada era inconfundible—. ¿Por qué no vivir el momento?

—Qué atento te has vuelto —se rio, y volvió a mirarle las manos. Seguía estando muy tenso.

—No hagas de esto nada más de lo que es. Es tu inexperiencia la que habla.

—Pero si no es nada en realidad, ¿por qué has tenido que marcharte?

—Porque es fuerte —sonrió—. Y eso es raro. Te deseo, y no puedo pensar en nada más.

Conocía el problema. La frustración. El deseo que inexorablemente la había hecho acercarse ahora que había vuelto. Y vio que se estaba conteniendo para no tocarla.

—Por favor, Gracie.

Se lo pidió con delicadeza, y ella quedó perdida.

—¿Quién era la mujer de París? —quiso saber, y se acercó despacio.

—Isabella. Nos conocemos desde la universidad. Ella mantiene una relación desde hace mucho tiempo. Nunca hemos sido amantes.

Vaya. Cuánta información.

—¿Y hubieras querido que lo fuera?

—No es mi tipo.

¿Una modelo que no era su tipo?

—No soy una hormona andante, Gracie —adivinó su pensamiento—. No deseo a cualquier mujer que me encuentro. De hecho, en este momento, eres la única a la que deseo.

Sintió otra oleada de satisfacción que sirvió para derretir lo que quedaba de su resistencia.

—Si lo hacemos, no habrá nadie más. No voy a tolerar que te acuestes con otra mientras estés haciendo esto conmigo.

—¿Haciendo esto? —se rio—. Me insulta que pienses que lo haría. Puede que haya tenido muchas amantes, pero una a una. Y cuando hayamos terminado, serás la primera en saberlo. Por cierto, nunca utilizo a la siguiente mujer para poner punto final a mi relación con la anterior, y espero que tú no utilices a otro hombre tampoco. Aunque sea un septuagenario.

Gracie sonrió.

—Alex es mi amigo y se preocupa por mí. Eso es diferente.

Recorrió los últimos pasos que los separaban y se arrodilló en la silla en la que él se sujetaba.

–Gracie –gimió–, esto no va volver a ser cosa de una sola noche.

–¿Qué ha sido de los plazos cortos?

–Tú quieres esto –susurró sin responder a su pregunta–. Me deseas.

Tenía razón. No había podido pensar en otra cosa aquellos últimos días. Dominaba por completo sus pensamientos. Ni siquiera podía disfrutar de las rosas de Alex sin pensar en él.

–Sí. Te adoro.

–¿Me adoras?

–No te asustes –se rio–. Es solo una fase. Pasará.

Respiró hondo.

–Cuanto más tratemos de ignorarla, peor se pondrá.

–No creo que pueda empeorar mucho más –musitó.

Rafe la besó, y Gracie se encontró, sin saber cómo, encima de la enorme mesa de la cocina.

–¿Por qué llevas pantalones? –le preguntó él.

–Porque no me fiaba de mí misma. Ahora, me arrepiento.

Rafe se rio y hundió la mano bajo la cinturilla de los pantalones.

–No estás para ir a paso de tortuga –dijo y respiró hondo.

–No –contestó, arqueando la espalda al sentir que empezaba a jugar con ella.

Cuando recuperó la capacidad de pensar fue a acariciarlo, pero él le sujetó las muñecas.

–Quédate esta noche conmigo. Te lo estoy pidiendo bien –sonrió.

–Mientras me retienes cautiva –bromeó.

–¿Me estás diciendo que no? –inquirió, soltándola.

Se incorporó y recorrió su pecho con las manos hasta llegar a sus caderas.

—Quizás podríamos hacer algo más antes de que me vaya.

Rafe tomó su cara entre las manos con delicadeza, con demasiada delicadeza, tanta que el corazón se le disparó.

—¿Por qué tienes que irte? La vida es un regalo precioso, ¿no? ¿Por qué no podemos dejarnos llevar toda la noche?

Lo miró a los ojos y vio pasión brillando en ellos. Sus huesos temblaron. Le hacía sentirse tan bien… pero aquello era más intenso de lo que se esperaba. No debería quedarse.

—Mañana tengo que empezar temprano.

—Di que estás enferma. Pasa el día conmigo. Toda la noche y todo el día.

Estaba de broma, pero le resultaba tan tentadora la posibilidad de hacerlo que se enfadó consigo misma… y lo pagó con él.

—¿Quieres que no respete ninguno de mis compromisos? ¿Que deje todo lo demás que hay en mi vida para satisfacer tus necesidades sexuales?

—No solo las mías —matizó, besándola en el cuello, confiado—. Tú también lo quieres.

—No puedo. Tengo que irme —contestó, pero no pudo evitar ladear la cabeza—. No puedo dejar colgada a Francesca. Tengo trabajo y no puedo desaparecer sin más.

—Vente a vivir aquí —le dijo en voz baja—. Trabajaré desde aquí un tiempo y tendremos toda la noche, todas las noches. Y los fines de semana, serás mía. No trabajas los fines de semana, ¿no?

Estaba ocupada intentando procesar sus primeras palabras como para contestar.

—¿Quieres que me venga a vivir contigo?

—Durante un tiempo —precisó.

—Gracias por la aclaración, no vaya a ser que me haga una idea equivocada —se rio.

—Me han informado de que la sinceridad es la mejor política.

—Has hablado con alguien muy sabio, por lo que veo.

Intentaba mantener el tono lúdico, pero la tensión se estaba apoderando de su estómago.

—Alguien que sabe muy bien lo que dice.

—Empiezo a trabajar muy, muy temprano —replicó. Tenía que estar de broma. Seguro.

—Yo te llevaré. Dormiré mejor contigo a mi lado.

Sintió que se derretía al imaginarse durmiendo con él noche tras noche.

—Todo sigue girando en torno a ti —intentó bromear, pero había un brillo indignado en sus ojos.

—Quédate. Te prometo que haré que valga la pena.

Eso no iba a dudarlo. Lo que dudaba era de su propia capacidad de volver a marcharse tan fácilmente como lo había hecho el otro día.

—Eres incorregible —suspiró.

—Pero tengo razón.

Gracie se estremeció. Era algo más que sus caricias lo que la atormentaba, más que su sensualidad y su físico extraordinario. Era su interés por todo lo suyo, su capacidad de fascinarla, su capacidad de hacerla reír. Si fuera solo sexo, sería fácil. Pero es que era todo de él. Le gustaba, tanto que estaba corriendo un grave peligro, pero precisamente porque era todo aquello, no podía negarse.

—Vale —suspiró.

—¿Vale? ¿Solo eso?

—Es que espero cansarme de ti —admitió con franqueza–. Puede que cuanto más tiempo pase contigo, antes me canse. Y si me quedo, puedo practicar con algunos dulces en tu horno.

–¿Quieres practicar usando mi horno? –preguntó, atónito–. ¿Por eso quieres quedarte?

–Es una de las razones –sonrió–, pero no pienso hacerte la cena. No vas a tener ama de llaves y compañera de cama por el mismo precio.

–Si quisiera un ama de llaves, contrataría una –respondió–. Puedo preparar la cena perfectamente para ti y para mí.

–¿Ah, sí?

–Me gusta comer, así que sí, es cierto –se burló, y pasó a besarla en la mejilla–. Cocinaré para ti, ya que veo que vas a ser mi invitada durante un tiempo.

Un tiempo corto. Su invitada. No su novia, ni su amante. Aceptó aquello por lo que era: una aventura corta y un riesgo que tenía que aprovechar al máximo.

–Perfecto.

Pero él dejó de besarla para apartarse y mirarla a los ojos.

–¿Qué? –le preguntó.

–Que no esperaba que accedieras tan pronto. De hecho, he soñado con otras formas de convencerte.

–Oh… pues no podemos dejar que esas ideas se pierdan. He cambiado de opinión. Convénceme un poco más de que me quede.

–Demasiado tarde –suspiró, y la acercó al borde de la mesa con una mirada feroz–. Ahora, eres mía.

Capítulo 9

Y BIEN?
Francesa levantó la mirada de una montaña de mantequilla en cuanto Gracie entró en el café.

–¿Y bien qué?

–¿Es muy grande la fiesta? –preguntó, sorprendida de tener que explicarse–. Anoche me diste muy poca información en el mensaje. ¿Estás segura de que vamos a poder hacerlo? Mira que ni siquiera somos capaces de hacer suficientes dulces para que duren hasta la hora de cerrar.

Gracie se volvió para colgar el bolso y disimular el rubor. Se había olvidado por completo de la fiesta.

–Grande sí, pero no imposible. No deberíamos tener problemas si empezamos pronto. Lo complicado va a ser tener suficiente para los dos sitios durante un par de días.

–Podemos cerrar temprano, no pasa nada. Esa clase de clientes suelen pedir que les traigan la comida de Milán e incluso de más lejos, y yo quiero mostrarles que lo que podemos hacer nosotras es mejor.

Metió varias bandejas en el horno, salió a preparar las mesas de la terraza y, cuando iba a entrar, se encontró con un hombre de edad mirando fijamente la mesa que tenía más cerca. Era muy temprano. Casi no había nadie más que ellas despierto en el pueblo, y aquel hombre ni se había afeitado ni se había peinado. Parecía perdido.

–Aún no hemos abierto. Lo siento.

Pero el hombre no contestó. Tenía la mirada puesta en una de las rosas de Alex con la que había adornado aquella mesa.

–¿Está usted bien, señor? ¿Puedo ayudarlo?

De nuevo no obtuvo respuesta, y vio que le temblaban las manos. Claramente estaba desorientado.

–Siéntese y le traigo algo de beber –le dijo, apoyando suavemente la mano en su hombro. Entonces el hombre la miró y sonrió.

–Gracias –contestó con un marcado acento norteamericano.

–Algo fresco –le dijo mientras ella le invitaba a sentarse. Era temprano, pero ya hacía calor.

Le preparó un vaso de limonada e incluyó una pasta en el plato.

–Es una rosa preciosa, ¿verdad? –le comentó dejando el plato ante él.

El hombre tomó un ligero sorbo y asintió.

Cuando Gracie iba a volver dentro, vio a lo lejos otro hombre que caminaba deprisa y miraba a todas partes con evidente preocupación.

–Disculpe –lo interceptó–, ¿está usted buscando…?

Pero no dijo más. Sabía quién era aquel hombre. Rafael le había dicho que era su sobrino, un sobrino mucho mayor que él.

–¡Ah, estás aquí, papá!

El hombre pasó de largo. ¿Papá?

Entonces, el hombre mayor debía ser el hermanastro de Rafael. El corazón le latió con fuerza. Pero vio la confusión de su mirada, la falta de reconocimiento.

–Siento que la haya molestado –se disculpó con brusquedad–. Se confunde y empieza a caminar sin rumbo. Yo debería… –suspiró y volvió a disculparse.

–No pasa nada –sonrió–, pero para usted debe ser muy preocupante.

–¿Qué le debo por la bebida?

–Nada –sonrió de nuevo. El estrés que estaba soportando era evidente–. Me alegro de que se hayan encontrado.

Volvió a respirar hondo y pareció más tranquilo. Entonces se quedó mirando también la rosa.

–¿Es de Villa Rosetta? Es famosa por sus rosas precisamente de este color.

–No –contestó, a punto de perder la fuerza en las piernas–, pero ha sido cultivada por el jardinero de la villa. Tiene un gran talento.

–Cierto –asintió y ayudó a su padre a que se pusiera en pie–. Gracias otra vez.

Le vio alejarse con pesadumbre. Le había recordado a su abuelo. Envejecer no era fácil.

Horas más tarde, por la ventana vio llegar a Rafe. Recogió las bolsas que había preparado y salió a su encuentro.

–¿Ya has preparado algo de ropa? –preguntó, sonriendo mientras las cargaban en el coche.

–No. Son ingredientes.

–¿De comida? –preguntó, mirándolas otra vez–. ¿No llevas ropa?

–No esperaba necesitarla –respondió, riendo mientras se abrochaba el cinturón de seguridad.

–¿Pero ingredientes sí?

–Te dije que iba a probar tu horno.

–No puedes estar hablando en serio. Has estado trabajando todo el día y tienes que volver a no sé qué hora de la madrugada.

–Es para liberar estrés.

–Con eso puedo ayudarte yo.

–Y puedes, diciéndome qué es lo que más te gusta

de lo que hago para prepararlo para la fiesta. Tengo que ir organizándome.

–Y vas a cocinar desnuda, ¿no?

–No voy a… –una música sonó en su teléfono y el corazón le dio un brinco. Era la música que había reservado para su madre–. Perdona, pero tengo que contestar. Mamá, ¿estás bien?

–Hay que preparar brioche para el desayuno.

El corazón se le encogió. Aquella era la frase que su madre pronunciaba cuando tenían que salir corriendo.

–¿Vas a mudarte otra vez? ¿Adónde? ¿Por qué?

Ya no necesitaba llevar una existencia nómada.

–Creo que a Portugal. Aún lo estoy decidiendo.

–Podrías venir a verme –sugirió.

–Ya sabes que no puedo volver a Italia. Demasiados malos recuerdos. Te llamaré en cuanto sepa dónde voy a estar. Solo quería que lo supieras para que no te preocuparas si no me encuentras más en este número.

–De acuerdo –suspiró.

–Adiós, tesoro. Te quiero.

–Claro.

Colgó y buscó los detalles en la lista de contactos para borrarlos. Una vez más.

–¿Tu madre se muda?

–Sí –intentó sonreír para disimular aquel viejo dolor–. Nunca dura más de un año en un sitio.

–Pero ya no corre peligro de que la policía la detenga por ocultarte a ti, ¿no?

–No, pero huye de cualquier clase de conflicto. Sea el que sea. Creo que no es capaz de echar raíces en ningún sitio.

Y ella lo detestaba. Su madre nunca se quedaba lo suficiente como para aprender a confiar en alguien. Nunca volvía al mismo sitio. Simplemente, seguía corriendo. Nunca se enfrentaba a lo que más temía.

–¿Y cómo se las arregla?

–Ah, es la mayor especialista en cocina rápida que conozco –declaró con orgullo–. Nadie puede cocinar tan rápido como ella.

Pero Rafe no sonrió. Más bien parecía preocupado.

–La echas de menos.

–Sí. Es que nunca estaba. Se pasaba la vida trabajando para ganar unos dólares. Y nunca cocinaba para mí –añadió con tristeza–. Llegaba demasiado cansada.

–¿Por eso aprendiste tú a cocinar?

–Yo solo me he dedicado a los dulces. Me gusta la precisión y que haya que dedicarle un tiempo para que salga bien. Me pasaba horas en los pequeños apartamentos que íbamos alquilando y que solían tener unos hornos malísimos, probando toda clase de masas.

–¿Tú sola? –le preguntó y ella sonrió–. Pero era como terapia para ti –adivinó–. Tratamiento anti estrés.

–Exacto. Y tú tienes una cocina estupenda.

Bajó del coche y se encaminó a la villa con sus bolsas.

–¿En serio te vas a poner a cocinar ahora?

–Pues sí. Pienso hacer un montón de pasteles –declaró. Necesitaba tiempo para aclarar los pensamientos y trabajar la relajaba–. ¿Te parece bien?

–Claro. Ya sabes que eres libre de hacer lo que quieras –tomó la bolsa que más pesaba y la subió a la encimera–. ¿Te importa si veo cómo lo haces?

–¿Quieres mirar? –frunció el ceño–. No puedo charlar mientras cocino, Rafe. Necesito concentrarme.

–No te distraeré.

Sonrió. No era consciente de que la distraía todos los minutos del día.

Noventa minutos más tarde, le presentó cinco pasteles pequeñitos en un plato, cada uno con una cobertura distinta. Había utilizado sabayón brillante, ganache suave, pan de oro, peras pochadas crujientes… y mucho más. Había hecho unas pequeñas obras de arte. Él, fiel a su palabra, solo había hecho algunas preguntas y, el resto del tiempo, se había mantenido en silencio. En aquel momento, al ver su expresión, se llenó de orgullo. Era muy buena en lo que hacía.

—Te gusta la perfección, ¿no? ¿Cómo voy a poder elegir? —se lamentó, examinándolos con ojos golosos—. No deberías trabajar para nadie. Deberías tener tu propio obrador.

Ella se rio.

—Gracias.

—Lo digo en serio. El otro día hablé con un par de responsables de turismo local y me dijeron que el Bar *Pasticceria* Zullo había sufrido una auténtica transformación en los últimos meses. Parece ser que tienen una mayor selección de dulces y es mucho más popular, y coincide con tu llegada.

—Y con la estación turística —respondió, sonrojándose—. Hay mucha más gente por aquí.

—Tú sabes perfectamente que no es eso. ¿Por qué ese empeño por esconder tu valía? Estás trabajando muy duro para relanzar su negocio y deberías obtener beneficio.

—Habla el hombre al que le gusta poseer todo lo que ve, aunque no lo necesite —se rio—. Francesca es una buena amiga.

—¿No quieres tener tu propio negocio? Tienes un producto increíble y buenas ideas, y sabes que tienes buena cabeza para el marketing. ¿Es por el coste inicial? —preguntó—. ¿No quieres endeudarte?

—¿Me vas a hacer una oferta? —sonrió al ver cómo se había metamorfoseado en el director de una empresa—. No lo hagas. Mi padre se ofreció a darme el dinero para abrir mi propia pastelería y no lo acepté, así que tampoco te lo voy a aceptar a ti.

–¿Por qué no quisiste? ¿Te puso condiciones?

Era muy perspicaz.

–Tenía que ser en Londres.

–Y tú no querías quedarte allí.

–Había vivido con él un tiempo. Así mi madre no sería castigada tan severamente cuando volviese al país. Solo tendría que pagar una multa y hacer unas horas de servicio a la comunidad. Yo tenía dieciocho años, así que ya no era una niña, y fue mi decisión.

–¿Proteger a tu madre de las repercusiones?

–Por supuesto. Es mi madre, Rafe. Pero él era mi padre y los dos nos habíamos echado de menos. Quería pasar tiempo conmigo y yo con él.

Asintió despacio.

–¿Y qué tal salió?

–Al principio fue raro –admitió–. Se había casado unos años antes y yo tenía un par de hermanos con los que me llevaba bien –sonrió–. Son muy monos.

–¿Pero?

–Son una familia –explicó.

–De la que tú no sentías formar parte, ¿no?

–Es complicado –se encogió de hombros–. Pero fue allí donde estudié, en una magnífica escuela de cocina. Hice cuantos cursos extra pude. Luego trabajé y adquirí una experiencia muy buena.

–Eso es evidente –respondió, señalando el plato–. Y seguiste adelante.

–Sí, y todo fue bastante bien. Lo pasé genial. Fue una suerte que me acogieran.

–Una suerte.

–Sí –insistió ante la nota de incredulidad de su voz.

Se la quedó mirando un rato y luego tomó el plato de sus manos para dejarlo en la mesa.

–Tenemos más en común de lo que creía.

Ella se rio.

–No es cierto.

–Sí que lo es –replicó, y tiró de ella hacia él–. Un apetito insaciable, por ejemplo.

Rafe seguía el ritmo de una música imaginaria con los dedos sobre el volante mientras la llevaba a la *pasticceria*. El cielo apenas mostraba luz, pero él se sentía de buen humor y satisfecho. Tres días habían pasado desde que había accedido a quedarse con él. Tres, pero aún no eran suficientes. La noche pasada la había despertado dos veces y luego, para su suprema satisfacción, ella lo había despertado a él.

Sabía exactamente cómo iba a ser su día y no podía estar más feliz. La dejaría en la pastelería y volvería a la villa para adelantar trabajo y así poder pasar los dos más tiempo juntos cuando volviera. Dentro de unas horas, cuando tuviera hambre, volvería a la pastelería, se tomaría un café y unos dulces y le robaría un beso.

Mientras el café estuviera cerrado, pasearían juntos y la acompañaría a ver a Alex. Siempre le guardaba algunos dulces, aun cuando se habían acabado para los clientes. Alex la esperaba sentado a la sombra, con una jarra de su limonada favorita sobre la mesa y dos vasos. En los últimos días, habían sido tres.

Después volverían a la villa para darse un baño y hacer al amor. No iba a tener que trabajar en el último turno aquella tarde, y estaba deseando tener todo el tiempo con ella, pero cuando llegó a la *pasticceria*, Gracie salió del coche y con una brillante sonrisa anunció:

–No puedo irme esta noche contigo. Ceno con Alex, así que dormiré en mi casa.

¿En su casa? ¿Se refería a su piso?

–Comes con él todos los días –protestó, empujado

por la desilusión e irritado por la idea de no verla en todo el día.

—¿Estás celoso? –preguntó, sonriendo.

—Sí.

—Se te pasará –respondió sonriendo triunfal, y dando media vuelta, se alejó.

Rafe la vio marchar. Había esperado a estar fuera del coche para decírselo. ¿Por qué? Porque sabía que intentaría convencerla de lo contrario, y ambos sabían que lo habría logrado.

Volvió a la villa y se puso a trabajar, pero cuando llegó la tarde estaba ya harto de estar solo y decidió salir a dar una vuelta en coche, pero no pudo resistirse a pasar por delante de *Pasticceria* Zullo para ver si había mucha gente.

Un momento después, se acercó desde el callejón. La puerta de la cocina estaba entreabierta para dejar salir el calor y se detuvo a cierta distancia. Había una mujer trabajando en una montaña de masa. No era una mujer cualquiera. Percibía su cansancio, pero peor aún era el rictus de su boca. Conocía a Gracie, y en aquel momento, estaba triste. Y él, furioso. ¿Estaba trabajando? ¿Por qué le había mentido?

Caminó hacia la parte delantera del bar y lo que vio le hizo detenerse otra vez.

Alex estaba sentado a una de las mesas de fuera, con una mujer y un hombre, jóvenes ambos, y no había silla vacía esperando a Gracie.

No lo dudó. Con el ceño fruncido, se acercó a ellos.

—Creía que Gracie iba a cenar contigo esta noche, Alex.

El aludido levantó la mirada.

—Rafael…

Pero él estaba observando a los demás y se percató de una mirada extraña que intercambiaron quienes sin duda eran el hijo de Alex y su esposa.

–Ha decidido darnos un tiempo para que estuviéramos solo la familia –intervino el hijo antes de que Alex pudiera decir nada más.

«Solo la familia».

¿Y no consideraban familia a Gracie, cuando había sido ella quien había cuidado de Alex mientras estaba enfermo? ¿Cuando se había pasado cada día a ver cómo estaba? ¿Cuando lo que más deseaba ella era tener una familia propia?

La irritación que había ido creciendo a lo largo del día en su interior ardió en llamas.

–Dijo que estaba cansada –añadió Alex con tristeza–. Yo le pedí que se quedara.

–No quiere estar contigo todo el tiempo, padre –dijo el hijo–. La mayoría de mujeres jóvenes no quieren estar con hombres mayores.

–¿Por qué? –espetó Rafe, furioso–. ¿Acaso crees que Gracie es una cazafortunas que anda detrás de tu padre?

Hizo una mueca al ver la cara que se le había quedado al hombre. Demonios… no todo el mundo tenía su misma historia. Respiró hondo.

–Gracie se preocupa por Alex, y no hay día que no haga cuanto puede por él, lo mismo que lo hace por cualquier otra persona que se lo pida. Le gusta ayudar a los demás.

Y gracias a su desconsideración, ahora estaba sola. Otra vez.

–¿Rafe?

Aquella voz lo paralizó. Gracie estaba detrás de él, con un delantal sucio de harina, tan pálida como esa harina salvo por dos manchas rojas en las mejillas.

–¿Qué haces aquí? –le preguntó en voz baja mirando a su alrededor, a toda aquella gente que había oído lo que había dicho.

A él le importaba un comino toda esa gente. Le importaba ella.

–Tú... –tragó saliva–. Me dijiste que ibas a cenar con Alex.

–Ese era el plan original, pero su familia ha querido darle una sorpresa –explicó, con los ojos llenos de emoción.

Y la habían despachado.

–Así que tú has vuelto a trabajar.

Una silla hizo ruido al arañar las piedras del suelo. Alex se había levantado.

–Gracie...

–Por favor, Alex, siéntate y disfruta de la cena con tu familia –dijo, y se acercó a él–. No pasa nada. Rafe se ha... confundido. Me lo llevaré.

¿Porque se estaba portando mal? La siguió al interior de la *pasticceria*. Gracie tomó una porción grande de pizza y se la ofreció.

–¿Quieres? –le dijo pero sin mirarlo a los ojos.

Ah, no. Ahora no iba a cuidar de él.

–¿Y tú? ¿Has comido?

Su pregunta la sorprendió, pero no contestó.

Por supuesto no había comido, así que pasó detrás del mostrador, puso el trozo en un cartón y añadió más.

–Seguro que hace horas que no comes nada.

–Sí, Gracie –dijo Francesca saliendo de la cocina y mirando a Rafe–. Yo me ocupo de los clientes.

–¿Seguro? –preguntó.

¡Claro! ¿Cómo no iba a tener que asegurarse? Su irritación seguía creciendo. ¿Es que no podía anteponerse aunque fuera por una sola vez, en lugar de complacer a todo el mundo?

La condujo hasta su coche, la hizo sentarse y le entregó la pizza y, mientras daba la vuelta al coche, respiró hondo. No debería estar tan enfadado, pero no lograba dejar de estarlo. ¿Por qué aquel instinto de protección? Niveles normales de preocupación por una buena persona, ¿no?

–Siento haber interrumpido la cena de Alex –dijo, poniendo el coche en marcha y saliendo del pueblo.

Ella se volvió a mirarlo y la pizza hizo equilibrios sobre su pierna.

–¿Creías que habían sido groseros conmigo?

Suspiró.

–Me dijiste que ibas a cenar con Alex, y luego te veo en la cocina desde el callejón, sola, con cara triste, y a ellos los veo cenando tan tranquilos sin ti, así que sí, pensé que lo habían sido.

Y apretó el volante entre las manos. Parecía un acosador, pero es que se había preocupado. Y enfadado. Y ella seguía estando triste, aunque intentase disimular.

–Fui yo quien quiso que tuvieran espacio –respondió Gracie, sonriendo–. Querían pasar un tiempo juntos en familia, y eso está bien.

Pero él había visto su soledad, la había oído en su voz en aquel mismo momento, y todo respondía al hecho de que no tenía la clase de familia que deseaba tener. Había tratado a Alex como si lo fuera, ¿y su hijo la había rechazado?

–También habría estado bien que tú estuvieras con ellos. Te preocupas de Alex como si fuera familia tuya.

Él había crecido aislado, despechado, despreciado, y eso dolía. Y Gracie no se merecía algo así de aquellas personas. Tenía un corazón amable y generoso, y volvió a sentir que su furia crecía. La miró por el rabillo del ojo y su ira se desinfló al ver que su expresión se había derrumbado. Instintivamente aminoró la velocidad.

–Eh…

–Gracias por defenderme –musitó–. Ha sido genial.

Rafe tragó saliva. No sabía muy bien qué responder.

–Siempre piensas lo peor de todo el mundo por instinto, ¿verdad? –volvió a sonreír–. No confías en nadie.

–¿Has oído esa parte? Mierda… lo siento.

–No pasa nada –su expresión se suavizó y puso una mano sobre la de él–. Alex nunca pensaría que busco algo en él, y creo que su hijo tampoco. ¿Cómo es que has pensado eso?

–Por mi madre –contestó, entrando ya en la villa–. Es lo que era. La cazafortunas que seducía septuagenarios para sacarles la pasta. Me he pasado la vida oyendo a la gente decirlo, y no quiero que digan algo parecido de ti.

–No lo van a decir, Rafe. De verdad que no. Y si lo hicieran… sabes que puedo cuidar bien de mí misma.

–¿Seguro? –se soltó el cinturón de seguridad para volverse hacia ella–. Gracie, tú eres como una nube de golosina derritiéndose en una taza de chocolate. Te gusta marcar la diferencia. Te gusta que te necesiten.

Y en aquel momento, su amigo Alex no la necesitaba, pero él sí. Y quiso pensar que también ella lo necesitaba a él aunque fuera solo por un momento.

–¿Y qué tiene de malo que te guste que los demás te necesiten?

–Que lo hagas a expensas de tus propias necesidades, de tu propio bienestar.

–Yo no…

–Basta, Gracie –tomó su mano–. Deja de fingir. Deja de intentar convencerme de que la vida es perfecta. Esta noche estabas sola y triste. Aún estás triste, lo veo en tus ojos. Sé tan sincera como siempre dices que eres.

–Vale, estaba triste –admitió–. Los vi tan bien juntos, tan felices, que me vine un poco abajo y me excusé para no asistir a la cena porque…

–Porque no querías tener delante de las narices a una familia feliz.

Se movió en el asiento.

–Suena tan amargo. Tan lleno de celos…

–No, tú no eres ninguna de esas dos cosas, pero después de lo que has pasado, yo no te culparía si lo fueras –le pasó el brazo por los hombros–. Entonces, decidiste que era mejor ponerte a trabajar.

–Francesca estaba desbordada porque un camarero llegaba tarde.

–Y porque es tu modo de liberar estrés… trabajando para olvidarte de las preocupaciones, ¿no?

Ella asintió.

–Eres demasiado generosa y dejas que la gente se aproveche de ti.

–¿Es eso lo que estás haciendo tú? –bromeó.

Él la soltó con un suspiro y bajó del coche.

–Ya sabes que sí.

–¿Crees que yo no estoy obteniendo nada a cambio? –se rio junto a él–. Estoy obteniendo toda la experiencia que me había perdido en estos años.

Intentó bromear:

–Claro. Es que ya eres una vieja.

Debería haberse sentido aliviado al comprobar que su relación era de ganador a ganador, pero fue más bien al contrario. ¿Lo suyo era solo sexo, como si fuera un tutor íntimo? En realidad no podía decir qué era, pero desde luego algo más. ¿Y ella? ¿No lo consideraba un amigo? Al no poder compartir la velada con Alex, había optado por trabajar. Pues él podía ser uno de ellos… mejor que Alex, o Francesca. Mejor que nadie.

El pulso se le aceleró. En realidad, no sabía cómo ser un amigo. Nunca había confiado lo suficiente en una persona como para permitir que se acercase, después de la pesadilla con su hermanastro y el internado. Se había pasado la vida peleando para alcanzar el respeto y el éxito, y hacía ya mucho tiempo que había renunciado a necesitar o a desear la aceptación de los demás. La ironía era que, ahora que había logrado ese éxito, la gente buscaba su compañía, pero en realidad no sabía cómo relacionarse, y darse cuenta de que era incompetente en algo le llenó el estómago de ácido.

Tomándola del brazo, la dirigió hacia la caseta de botes en lugar de a la casa.

–Todavía queda mucha luz. Disfrutemos del sol y comamos la pizza.

Necesitaba aire fresco. Necesitaba la pizza. Necesitaba, sin duda, verla sonreír. Abrió la puerta y la invitó a entrar.

–¡Esto es increíble! –se asombró–. Pero si hay incluso cristales emplomados, Rafe. Mira esta ventana.

La verdad es que parecía más un museo que un taller.

–No he estado mucho aquí –confesó–, pero el verdadero tesoro es este –dijo, señalando a una hermosa barca de madera–. Creo que es aún más antigua que tu bici.

Con una sonrisa, se inclinó a inspeccionar el casco de caoba.

–*Rosabella*. Es preciosa. Fíjate qué maravilla de trabajo.

–¿La sacamos?

Dos bocados de pizza, verla acariciar el casco, y ya se sentía mejor.

–¿Sabes navegar? –le preguntó Gracie mientras le daba un trozo de pizza y largaba la amarra.

–Seguro que puedo averiguar cómo hacerlo.

–Anda, aparta.

Le vio estudiar los instrumentos, revisar el nivel de combustible… sabía lo que hacía, y él la dejó hacer. Diez minutos después, estaban en el agua.

–¿Cuándo has aprendido a navegar? –le preguntó, acabándose el último bocado de pizza.

–Durante un tiempo vivimos en el sur de Francia, y nuestros vecinos eran una familia numerosa que se dedicaba a la pesca, y que andaban siempre arreglando ellos mismos sus botes. Yo observaba, y más adelante me dejaron ayudar.

Por su tono de voz, supo que aquel tiempo había sido bueno.

–¿Has vuelto a verlos cuando ya dejaste de esconderte?

Gracie bajó la mirada y fingió examinar uno de los relojes cromados.

–La gente sigue adelante –dijo con una sonrisa decidida que solo pretendía ocultar su dolor–. Yo solo estuve allí unos diez meses, y cuando te marchas, la gente sigue adelante con su vida sin ti.

–Entonces, ¿volviste?

–Volví –suspiró–. Años después. Y ellos estaban centrados en sus propias familias, sus amigos... gente a la que conocían de toda la vida. Cuando tú solo estás un corto periodo de tiempo, eres fácil de olvidar.

Se encogió de hombros.

Y ella solo había estado cortos periodos de tiempo en cada sitio, de modo que se había sentido olvidada. Innecesaria. No querida.

Ahora empezaba a comprender su resistencia a una existencia nómada, y por qué se esforzaba tanto por encajar en Bellezzo y ser necesitaba.

Se le hizo un nudo en el estómago.

–No me imagino a nadie olvidándote.

–Un ejemplo más de la poca imaginación que tienes –sonrió–. Esta noche me has defendido sin pensártelo. ¿Era eso lo que hacías por tu madre?

Sabía que le estaba preguntando para que dejara de pensar en ella pero, de algún modo, le pareció importante que comprendiera, que lo supiera todo de él, del mismo modo que él quería saberlo todo de ella.

–Ojalá hubiera podido hacerlo, pero no tuve la oportunidad. Murió cuando yo tenía doce años.

–Solo unos años después que tu padre, ¿no? Pero si ella era mucho más joven.... ¿qué pasó?

–Sabes que mi padre tenía más de setenta cuando yo nací, y mis hermanastros lograron impedirle que se casara con mi madre. Además ella se habría negado porque sabía que la odiaban. Intentaron declarar a mi padre mentalmente incompetente, y cuando no lo consiguieron, esperaron que llegara lo inevitable. En cuanto Roland murió, las acusaciones volaron. Dudaron incluso de que yo fuera de verdad hijo suyo. Roland se había negado a que se hiciera un test de paternidad aduciendo que era un insulto para mi madre, pero fue necesario hacerlo para abrir su testamento.

La vergüenza y la humillación pública que sintió aún le desbordaban.

–Y eras hijo suyo.

–Sí, por supuesto. Nadie lo creía, pero mis padres se amaban.

–Entonces, ¿el resultado de las pruebas calló a la familia?

Ojalá.

–De pronto resultó que yo era heredero y un futuro Butler-Ross, y eso significaba que necesitaba protección.

–¿De quién?

–De mi madre.

–¿Qué?

Abrió los ojos de par en par.

–El dinero lleva aparejado mucho poder, Gracie, y le dijeron que para mí sería mejor tener la educación y los contactos que la familia podía proporcionarme. Que ella no tenía nada que ofrecer que pudiera competir con lo que ellos tenían.

–Pero...

–Lo sé –la interrumpió, levantando una mano–. Y

ella dijo exactamente eso: que era mi madre y que me quería. Pero la reacción de ellos fue amenazarla con tribunales, custodia y demás. La presionaron y ella pensó que no podría competir. No tenía el dinero ni los apoyos, así que accedió, pero convencida de que, aun así, seguiríamos viéndonos.

—¿Y no fue así?

—Yo era el hijo ilegítimo, y me enviaron a un internado al otro lado del país para que me pulieran. Utilizaron la promesa de una visita de mi madre si me comportaba. Si me portaba bien, conseguiría verla. Y si era excelente, igual incluso me dejarían ir a la villa italiana a la que a ellos tanto les gustaba ir en verano. El lugar en el que nuestro padre pasaba siempre unos meses al año.

—¡Oh, Rafe! ¿Y nunca te lo permitieron?

Se volvió a contemplar la hermosa construcción, el símbolo de la felicidad, tan fuera de su alcance durante tanto tiempo.

—No. Y en aquellos años, mi madre fue profundamente infeliz, y eso minó su salud.

Ella lo miró con gran emoción en la mirada.

—Se volvió adicta.

—Cuánto lo siento.

Para acallar su pesadilla. Para llenar los pozos sin fondo de su existencia.

—Era preciosa, ¿sabes? Así la recuerdo yo —y no de las horrenda fotografías que su hermanastro Leonard había tenido la maldad de enseñarle—. Valentina Vitale… aunque obviamente no era su nombre verdadero. Quería que sonara más italiano. En realidad ella era italiana por parte de madre, pero Valentina Vitale sonaba más glamuroso. Igual que Rafael Vitale.

Su madre lo había querido. Su padre y ella lo mimaron cuando era pequeño. Guardaba pocos recuerdos de aquel tiempo, pero eran buenos.

–Y tú has mantenido el apellido de tu madre, no el de tu padre.

–No me dejaron tenerlo hasta que murió, y aun entonces intentaron obligarme a cambiármelo. Pero yo soy quien soy, y era su hijo –sentenció–. Mi apellido fue lo que me dio, y jamás lo cambiaré.

Como jamás se permitiría olvidarla.

–Yo cambié de nombre tantas veces que lo odiaba.

–Ya. ¿No odias a tus padres por lo que ocurrió?

Gracie miró la superficie del lago.

–Los dos creían querer lo mejor para mí, pero estaban tan ocupados peleándose que se olvidaron de lo que yo necesitaba de verdad: solo un hogar. Eso era todo. Seguridad. Pero resulté ser el hueso que los dos querían. Y sigo sin poder elegir, así que los visito por separado al menos una vez al año y, el resto del tiempo, estoy aquí. Pero no los odio. Los dos me querían a su manera.

–¿Estás decidida a enfocarlo de un modo positivo?

–Bueno, ¿por qué iba a querer ser infeliz?

–Porque lo que pasó fue triste. Porque estuviste años aislada y sin raíces, y no pasa nada por enfadarse por ello de vez en cuando. Y sí, has elegido tu nuevo hogar y es encantador, pero no todo es perfecto todo el tiempo. Como esta noche. Te has sentido sola y para enterrarlo, volviste a trabajar.

–Bueno, ¿y no es mejor que echarse a llorar sola por los rincones?

Es que no tenía por qué haber estado sola. Podía haber acudido a él. Le dolía que no lo hubiera hecho.

–Vamos a ver lo rápida que puede ser esta barca, ¿te parece?

Era ella la que estaba saliéndose por la tangente en aquella ocasión, pero la dejó hacer porque él también había quedado expuesto en aquella conversación.

Nunca le había contado a nadie lo que le había pasado a su madre.

Un poco más tarde, después de que Rafe prácticamente hubiera tenido que arrancarle el volante de las manos a Gracie, navegaban tranquilamente sobre las aguas del lago y decidió poner proa hacia la casa. Ella se había sentado en el banco tapizado que había en la popa, y al volverse a mirarla, vio que se cubría la boca para disimular un bostezo.

—Ya casi hemos llegado —le dijo.

—Verdaderamente es espectacular —se admiró—. ¿Te pellizcas cuando recuerdas que es tuya?

Él sonrió.

—Ah, no. Claro —se contestó ella misma—. Tienes tantas propiedades que ya te dan igual.

La verdad es que no se paraba a pensar demasiado en ellas. Eran simplemente sitios donde dormir. Pero había algo especial en aquella, quizás su belleza clásica, con aquella arquitectura tan perfectamente simétrica.

No. No era la arquitectura. Algo más le palpitaba en el pecho cuando la contemplaba, y no eran los recuerdos de la infancia de las historias que le contaba su padre. Tenía que ver con la risa del presente, con el calor, con la vida. Era toda Gracie.

Tomó el estrecho canal que conducía a la caseta de los botes, paró el motor y aseguró la barca. Gracie estaba hecha un ovillo, la cabeza apoyada en un cojín, los ojos cerrados. Por primera vez se fijó en unas sombras que tenía bajo los ojos, en la palidez de su rostro y en aquel rictus de su boca… no era solo tristeza.

—Estás agotada —dijo, y la tomó en brazos, conteniendo la satisfacción de troglodita que le entraba cada vez que la llevaba así.

–¿Qué? –abrió los ojos de par en par y sonrió–. Estoy bien.

–No estás bien. Y haz el favor de no seguirme el juego solo para complacerme. No es así como funcionamos.

–Lo estoy pasando bien –contestó, rodeándole el cuello con los brazos como si quisiera demostrárselo.

–Pero estás muy cansada. Por una vez, antepón tus necesidades a las de los demás, Gracie –frunció el ceño–. ¿Me has mentido sobre la cena con Alex? ¿Querías quedarte en casa para poder descansar una noche?

–No, no te mentiría con algo así, pero en parte tienes razón –reconoció–. Iba a cenar temprano con Alex y me entristeció ver llegar a su hijo. Y sí, las noches que llevamos durmiendo poco me están pasando factura. ¡Pero quiero quedarme! –añadió rápidamente–. Lo que pasa es que soy como una marmota. Suelo irme a dormir muy temprano, y es lo que iba a hacer esta noche.

También podía hacerlo allí con él. Lo único que tenía que hacer era hablar y contarle lo que sentía, pero no lo había hecho. ¿Por qué? ¿Le preocupaba su reacción? ¿Creía que tenía que complacerle constantemente?

Una sensación de culpa lo golpeó como si le hubieran tirado una piedra desde atrás. Era un cerdo egoísta. No se había parado a pensar en el impacto que su disfrute podía estar teniendo en ella, sobre todo teniendo en cuenta que trabajaba todo el día de pie. La llevó a su cama y ella murmuró algo ininteligible cuando sintió el contacto con el colchón, pero contuvo el deseo de despertarla del todo y darle placer como tanto deseaba hacer. Necesitaba más descanso que pasión.

Rápidamente se desvistió y se metió en la cama para acurrucarla contra él. Su propia Bella Durmiente.

La respuesta a aquella situación le llegó poco después. Lo que Gracie necesitaba eran unas vacaciones. Se pasaba la vida haciendo cosas por los demás. Quizás aquella fuera la única que él podía darle.

Capítulo 10

GRACIE se peinaba ante el espejo, decidida a tomar cada día con entusiasmo. Estaba viviendo el momento, lo que básicamente quería decir que se negaba a pensar más allá de la hora de irse a la cama. De hecho, le costaba trabajo pensar en otra cosa que no fuera en la hora de irse a la cama, sobre todo porque la noche anterior se había dormido y se había perdido la intimidad de que tanto disfrutaba con él, aún más porque se había sentido más cerca de él que nunca con lo que le había contado.

—Tengo que ir a París unos días. Por reuniones –le dijo entrando en el baño y abrazándola.

—Qué bien.

En realidad no estaba prestando atención a sus palabras. ¿Cómo podría, estando desnudo de cintura para arriba?

—Vente conmigo.

Entonces logró centrarse en sus palabras.

—¿A París?

—Sí, a París –se burló utilizando su mismo tono de voz.

Se volvió a mirarle a la cara e intentó ignorar tanta piel bronceada y tanto músculo bien definido como tenía delante.

La bruma de incertidumbre que había estado sintiendo toda la mañana se transformó en niebla. Aquello se suponía que iba a ser únicamente un disfrute temporal, unos cuantos días, y ya. No podía ser que le estuviera ofreciendo aquello del modo que ella tan desesperadamente deseaba.

Porque la noche anterior no se lo había contado todo. Su cena con Alex era una especie de prueba que se había impuesto a sí misma. Quería ver si podía pasar una noche separada de él. Ver si aún tenía el control de la situación. O de su corazón. Pero cuando él se había presentado, se había sentido estúpidamente feliz de verlo, y cuando la había defendido frente al hijo de Alex, se le había parado el corazón. Había sabido ver más allá. Había visto su dolor, su cansancio. Y aquella hora que habían pasado navegando había sido una de las mejores de su vida.

Se había metido en un lío, y un romántico fin de semana en París solo iba a servir para desdibujar todavía más los límites. Porque le gustaría. Incluso demasiado.

—Tengo un trabajo —dijo tras aclararse la garganta—. Un trabajo en el que suelo hacer turnos dobles. Eso sin hablar de que tu fiesta es la semana que viene, ¿o se te ha olvidado? Y tengo otras cosas que hacer en Bellezzo.

—Y también en París. Puedes visitar otras pastelerías. Considéralo un viaje de trabajo si quieres —la abrazó—. Son solo unos cuantos días. Podríamos caminar junto al río, incluso ir a bailar. ¿Cuándo fue la última vez que estuviste de vacaciones?

Era tan tentador que no conseguía decir que no, pero de algún modo, él lo supo.

—No vas a decir que sí.

—No puedo decir que no sienta una enorme tentación —no podía mentirle—, pero no quiero andar por ahí detrás de… no de ti, sino de nadie. Eso lo he hecho casi toda mi vida, y solo quiero estar en un lugar. Quiero un hogar.

–No te estoy pidiendo que dejes tu trabajo y no vuelvas. Son solo unos días.

–Es la temporada alta de turismo de aquí. La gente cuenta conmigo. No puedo dejar colgada a Francesca.

Francesca había sido la segunda persona que le había dado la bienvenida después de Alex. Le había dado un trabajo, la dejaba experimentar. Estaba en deuda con ella.

–Podemos buscar otro vestido de diseño e ir a la Ópera –continuó, guiñándole un ojo–. Seguro que puedo encontrar fuegos artificiales o alguna fuente que te pueda resultar entretenida.

–Fue divertido como…

–Ya sabes que no vas a poder resistirte.

Ese era el problema: que necesitaba saber que sí que podía. Se sentía demasiado vulnerable. Como quien está al borde de un agujero grande y negro.

–Sí que puedo, si no vas a estar aquí –sonrió.

Pero él no le devolvió la sonrisa.

–Necesitas este viaje.

–¿Ah, sí?

De pronto se sentía molesta. No podía permitir que la tentase. Le había dicho que sí a todo: a dormir juntos, a venirse a vivir, a salir con él. Después de la guerra de sus padres con ella como daño colateral, había jurado no perder nunca más el control sobre su vida, y no permitir que otra persona tomase todas las decisiones. Rafe amenazaba más que todo eso. Rafe amenazaba su corazón.

–Creía que lo tuyo era ser valiente, sincera y aventurera. Me dijiste que la vida es preciosa, y que querías ver un poco su lado salvaje.

–¿Y París lo es?

Intentó bromear, pero sonó petulante y amargo. En realidad, se sentía así, amargada. Aquello no era lo que habían acordado. Para él era solo una aventura entretenida.

—Conmigo, por supuesto.

—No puedo ir contigo.

—¿Quieres pasarte el resto de tu vida escondida aquí, en un pueblo mortecino?

Su frustración era palpable.

—No me estoy escondiendo. Soy feliz.

—¿Ah, sí? ¿Tan feliz que te metes en la cama del primer hombre que muestra un poco de interés?

Lo miró atónita. Eso había dolido.

—¿De verdad piensas que has sido el único hombre que ha mostrado interés por mí? ¿Que tú eras mi única posibilidad? —se irguió—. No pienses que me has hecho ningún favor. Yo te escogí a ti.

—Pues vuelve a hacerlo —la desafió—. Vente a París.

—No quiero ir a París, ni a ningún otro sitio.

—Solo quieres malgastar tu vida sin hacer absolutamente nada aquí. Estás desperdiciando tus capacidades. Podrías tener tu propia pastelería, y no trabajar horas sin fin para otra persona. Y nunca vas a conocer al hombre de tus sueños viviendo entre un puñado de vejestorios en este pueblucho.

Sus palabras eran una ironía cruel porque precisamente acababa de hacerlo: lo había conocido a él. Pero para él ella no era más que una aventurilla de verano, casi un modo de pasar el tiempo mientras decidía qué hacer con su última adquisición.

—Puede que solo quiera tener breves interludios con los turistas que están de paso.

—Vamos, Gracie… —replicó, e intentó controlarse—. Necesitas descansar. Sabes que lo necesitas.

—Sí. Puede que este sea un buen momento para que descansemos el uno del otro —dijo, sin hacer caso a la presión que sentía en el pecho.

–Te ofrezco la oportunidad de ir a París y te enfadas conmigo.

–Y tú conmigo –replicó–. Me parece que nos hemos desilusionado el uno al otro.

–Yo solo quería que hiciéramos algo bonito juntos los dos. Algo que no fuera… –hizo un gesto con el brazo–. ¿Qué es lo que no te gusta de París? –insistió–. ¿La comida?

–Claro que no –respondió. La tristeza estaba creciendo en su interior–. Durante años mi vida careció por completo de raíz. Mi madre me permitía llevar solo una bolsa y muchas veces tuvimos que salir corriendo en plena noche. Tenía que dejar atrás todas las cosas que había construido con tanto esfuerzo. Y no quiero salir corriendo de nuevo porque alguien me lo pida. Sé que tú no me estás dando una orden. Sé que son solo unos días, pero… pero sigo intentando perfeccionar el arte de navegar sola. No quiero saltar solo porque tú me lo pidas –lo miró a los ojos, deseando que lo comprendiera–. Y ese vestido, el de la fiesta… fue algo de una sola vez. No soy Cenicienta y tú no eres mi hada madrina ni mi príncipe azul. No quiero aceptar así las cosas de ti. Esto que hay entre nosotros no es así.

–¿Esto?

–Sí. Esta aventura.

–¿Es una aventura?

–No sé cómo llamarlo –contestó, enfadada–. Pero sí sé que no quiero que se complique.

Él también parecía irritado.

–Entonces, no puedo volver con una pulsera de esmeraldas o un collar de diamantes para ti por ser mi amante, ¿no?

–Por supuesto que no.

–¿No te gustan los regalos?

–No.

–Vale. Nada de regalos, ni de viajes. ¿Qué te gusta?
Le gustaba él.
–Control.
–¿En serio? –preguntó, arqueando las cejas–. ¿No
quieres nada más de mí aparte de esto?
La pegó a su cuerpo.
–No. Solo quiero lo que acordamos. Solo tú. Y solo
ahora.
Por alguna razón, Rafe parecía más enfadado aún en
lugar de aliviado. Estaba respetando su acuerdo inicial,
pero otra vez más, al darle lo que ella creía que él espe-
raba, descubría que quería exactamente lo contrario.
–Entonces, tómame –la desafió.
No quería seguir hablando. Solo quería hacerla pa-
gar. La atormentaría para que fuera incapaz de olvidarlo durante los días que estuviera fuera. Quería que
lamentase haberlo rechazado.
–No quiero pelear –murmuró, quitándole la ropa.
Pero en cierto modo, era exactamente lo que quería.
Saldría de inmediato para París, acabaría las reuniones
y volvería a Manhattan. Ya llevaba demasiado tiempo
allí. Así la dejaría libre para que pudiera encontrar lo
que su corazón deseara porque sabía que no iba a ser él.
Pero al besarla, al acariciarla, al hacerla gemir y temblar de necesidad fue su propio control el que se perdió.
Ya no quería enfadarla, sino hacerla feliz. Hacerla bri-
llar. Hacer que lo recibiera y que se moviera con él
porque, al final, el único regalo que podía hacerle en
aquel momento era él mismo.

Capítulo 11

GRACIE volvió a frotarse la muñeca. Estaba molesta. En ias prisas por no llegar tarde al trabajo después de aquel momento apasionado, se había dejado el reloj en el dormitorio y no tenerlo la irritaba.

Vale, no era solo la falta del reloj lo que la irritaba. Echaba de menos a Rafe más de lo que creía posible, y no solo la intensa sensualidad que compartían –si el sexo de aquel momento era hacer las paces, tendría que discutir con él más a menudo–; pensaba en él, soñaba con él, deseaba poder hablar con él. Echaba de menos su conversación, sus análisis, su inteligencia.

La había llamado un par de veces desde París, bromeando sobre que no pensaba ir a ninguna fiesta, no fueran a hacerle alguna foto que subieran después a las redes sociales. Sabía que estaba trabajando duro.

Volvió a frotarse la muñeca. Echaba de menos poder ver la hora. Se acercaría a la villa con la bici a buscarlo.

Unas horas más tarde, llegó a la verja de la villa y, mientras tecleaba el código, un coche se le acercó por detrás. El pulso se le aceleró. ¿Estaría Rafe ya de vuelta?

Pero no, no era su deportivo rojo y fardón, sino un sedán cuyo conductor bajó la ventanilla.

–Buenas tardes.

Era el hombre que la otra tarde había perdido a su

padre, que iba sentado a su lado en el coche. Sintió frío a pesar del calor de la tarde. Si estaba en lo cierto, aquellas personas habían sido horribles con Rafe.

–Hola. ¿Puedo ayudarlo?

–¿Va a entrar en Villa Rosetta?

–Sí.

–¿Trabaja aquí?

No debería molestarle que pensara que trabajaba en la casa, pero no le sacó de su error.

–Me llamo Mauricio. ¿Recuerda a mi padre del otro día? Usted lo ayudó.

–Por supuesto que lo recuerdo.

–A mi padre le gustaría ver la villa por última vez –dijo–. No se encuentra bien, y esta es la última vez que vendrá a Italia.

Gracie vio en los ojos del hombre una mirada distante. Conocía bien esa mirada. Se encontraba perdido en otro tiempo, en fragmentos de recuerdos, y sintió lástima.

–Sí, lo entiendo, pero no puedo dejarles entrar en…

–Solo los jardines –la interrumpió–. Solo quiere ver los jardines. Hace muchos años, cuando era un muchacho, solía venir.

Entonces Maurice era el sobrino de Rafael y el hombre mayor, su hermanastro. Se mordió el labio y sintió temor y empatía al mismo tiempo.

–Tiene recuerdos maravillosos de este lugar, o al menos los tenía. A veces esos recuerdos son lo único que puede recordar. Esta es su última oportunidad de caminar de nuevo por estos jardines. Nos marchamos de Italia en unos días. Hemos intentado ponernos en contacto con el nuevo propietario para pedirle permiso, pero no hemos tenido suerte.

Claro. Rafe nunca respondería a una llamada suya. ¿Sabría que Leonard estaba enfermo?

Dudó. Sabía cómo era lograr que un anciano tuviera un momento de lucidez, pero aquella no era su casa, y sabía que Rafael no querría que entrasen.

—Por favor.

Gracie volvió a mirar a Leonard, y vio lo frágil que estaba. Más aún que Alex.

Ya se lo explicaría a Rafael. Le habían herido, pero al fin y al cabo era humano y podría perdonar a aquel viejo enfermo.

—Solo cinco minutos, ¿de acuerdo? Cinco.

—Gracias.

Abrió la verja y entró con la bicicleta precediendo al coche. Mientras Maurice aparcaba, ella apoyó la bicicleta en uno de los pilares.

—¿Es la rosaleda lo que recuerda? —le preguntó a Maurice mientras le abría la puerta a su padre.

—No estoy seguro. Lo cierto es que recuerda pocas cosas. ¿Quieres ver las rosas, padre?

Estaban ya junto al césped cuando una gélida voz atravesó el aire templado.

—¿Puedo ayudarlos?

Horrorizada, Gracie se volvió. Allí estaba él. Impecable. Impenetrable. Su traje gris marengo era como una armadura, y la agresividad en su porte, en su mirada y en su voz cortaba el aire.

—Rafael… no sabía que habías vuelto.

¿Por qué no se había puesto en contacto con ella? ¿Por qué ella no le habría contado aún el incidente de la otra mañana en la *pasticceria*?

—Obviamente.

Comprendió que la relación con su hermanastro estaba tan destrozada que ni siquiera se podían hablar educadamente, ni podían soportar compartir el mismo espacio.

—Estos hombres querían ver los jardines antes de marcharse de Italia. Es la última oportunidad de…

–No pasa nada –la interrumpió Maurice, sonrojado incluso–. Nos marchamos. No pretendíamos colarnos, Rafael, y nunca se me habría ocurrido entrar de haber sabido que estabas aquí. Creía que estabas fuera.

La mirada que Rafe le dedicó fue claramente acusadora.

–Tu padre ya se está colando –dijo.

Gracie se volvió a mirar. Leonard ya había dejado atrás el camino de la rosaleda y se dirigía hacia la casita de los botes.

–¡Padre!

Maurice echó a correr detrás de él.

El anciano se movía con una rapidez sorprendente y en la distancia le oyó murmurar algo. Rafael no la estaba mirando, pero podía sentir sus emociones en oleadas. Sin decir una palabra, echó a andar tras ellos.

Leonard había llegado a la caseta de los botes y abrió la puerta antes de que Rafe pudiera decirle nada, y se detuvo ante la lancha que habían sacado al lago el otro día.

–*Rosabella* –musitó.

Maurice parecía atónito. Se había asomado a ver el nombre de la embarcación en la popa, un punto que su padre no podía haber visto desde donde estaba.

–¿Recuerda este barco?

–*Rosabella* –repitió, sonriendo. No dijo nada más. Se limitó a acariciar el casco de madera, feliz.

Rafael supo de inmediato que su hermanastro estaba muy mal. Apenas había hablado y era evidente que no lo había reconocido, además de que la mirada vacía que había en sus ojos no revelaba más que olvido. Aquello era una enfermedad.

Debería sentir placer porque aquel lugar fuera suyo. Porque hubieran tenido que pedirle permiso a él cuando se lo habían negado todo. Hacía tanto tiempo que deseaba ser poderoso, que quería tener todas las experiencias que nunca había tenido. La diversión. Las risas. A su padre.

Quería todo lo que le habían quitado.

Pero incluso en aquel momento, se sintió engañado. Su hermanastro no podía recordar nada, no podía decirle nada aunque hubieran tenido una buena relación. La desilusión deshizo sus huesos como ácido. Pero no habían sido ellos quienes le habían hecho daño en aquella ocasión. Había sido Gracie.

—Tómate el tiempo que quieras —dijo con aspereza, y salió de la casita de botes, incapaz de seguir viendo aquello.

Diez minutos después, Leonard y Maurice salieron. Gracie caminaba unos pasos detrás. La sensación de haber sido traicionado lo envolvió, tan intensa que no podía soportar siquiera mirarla.

—Gracias —dijo Maurice—. Sé que no nos esperabas. Imagino que entenderás que Leonard está…

—Lo sé.

—Bien —carraspeó—. Gracias de nuevo —dijo, pero de pronto volvió a dirigirse a Rafe—. Roland adoraba este sitio. Le gustaría que ahora lo cuidases tú.

La rabia lo cegó. Ni quería ni necesitaba la aprobación de aquel hombre. No necesitaba que le dijera lo que le habría gustado a su padre. Sabía de sobra lo que le gustaría. De hecho, había sido un sueño compartido: un hombre mayor y un muchacho, soñando juntos con un hermoso lago y un *gelato*…

Vio un ruego en la mirada de Gracie, pero no pudo decir nada más. No se atrevía, porque la emoción podía desbordarle como una fuente. No quería que pensaran que seguían teniendo influencia de ninguna clase sobre él.

Por fin volvieron al coche y él, incapaz de soportarlo, caminó hasta el borde del lago.

La furia que le hirvió dentro al oír los pasos de ella fue insoportable y se volvió a mirarla. La encontró con los brazos en jarras y la cabeza bien alta, como una princesa guerrera dispuesta a defender su territorio.

—No sabía que estabas en casa –dijo–. Creía que…

—Creías que no iba a enterarme –terminó por ella–. ¿Me lo habrías contado? ¿Eres capaz de ser sincera? ¡Lo has hecho a mis espaldas!

Y con él. Con Leonard. El hermanastro que lo rechazó, que le negó el apellido de su padre, negó su sangre, aisló a su madre y le dio la espalda cuando necesitaba ayuda. Que lo maltrató a él durante años. Todo el dolor que creía ya enterrado surgió como si acabara de ocurrir.

—No estaba planeado, ni ha sido deliberado. Aparecieron en la verja cuando yo estaba entrando y no supe qué hacer.

—¿Y por qué estabas tú aquí? Porque los conocías de antes. Lo habíais planeado.

Ella palideció, pero no retrocedió.

—Los conocí, sí. Leonard estaba en el café el otro día, perdido. Le hice sentarse y le di un vaso de limonada. No podía ignorarlo, estando como estaba.

Pues tiempo atrás, Leonard no había tenido inconveniente en ignorar al niño vulnerable que era él.

—Pero esto no estaba planeado –continuó–. Vine porque me había dejado el reloj el otro día y me molestaba no tenerlo. Fue una coincidencia que estuvieran delante de la verja cuando llegué.

Él no creía en las coincidencias.

—Créeme o no me creas, Rafe, pero estoy siendo sincera. Y ese hombre se está muriendo. No hay situación que obligue a negarle a alguien su último deseo.

Nunca había sentido tanto frío, lo cual era un alivio, porque quizás aquella agonía vieja se helara también.

Detestaba la verdad que había puesto en palabras. No podía soportar que aquella historia volviera a perseguirlo.

–Él le negó a mi madre su último deseo –recordó con la voz ronca. Había negado casi todos sus deseos durante casi una década.

Pero era con Gracie con quien más enfadado estaba en aquel momento. Gracie, que allí estaba mirándolo, tan hermosa, tan dulce, tan compasiva.

–Márchate, por favor.

–Rafe…

–¡Vete! ¡Ahora! –le gritó.

Necesitaba estar solo. Volvió a la villa. Tampoco podía soportarla. Se giró de nuevo y allí estaba ella, delante, cuando acababan de abrirle las carnes con una hoja oxidada. No era más que bordes destrozados y sangre.

–No voy a marcharme y dejarte tan alterado.

–No estoy alterado.

–Es un anciano –contestó con calma–. ¿Qué puede hacerte ahora?

No era cuestión de ahora. Era todo. Rafe lo tenía todo, pero seguía sin tener nada.

–¡Existir!

Hacía calor y él tenía frío, y sus ojos eran tan dulces, estaban tan llenos de empatía, de emoción, de paciencia infinita…

–¡Negaron mi existencia! ¡Mi nombre! Él lo tenía todo: legitimidad, padres… y no permitió que yo tuviera los míos. Cuando era un niño, tenía padre y madre. Yo, no. Vino aquí con mi padre año tras año. Tenía todos esos recuerdos que yo nunca tuve ocasión de crear.

–Y ahora, los está perdiendo.

–Lo sé –la voz se le quebró–. Ni siquiera puede compartirlos. No podría compartir nada conmigo. ¿Me culpas porque le odie por ello?

Ella negó con la cabeza.

–Mi padre me prometió traerme aquí –continuó–. Me dijo que me gustaría. Que iríamos juntos al lago. Era nuestro sueño…

–Pero nunca viniste.

Él respiró hondo.

–Estúpido… como si venir aquí pudiera devolvérmelo.

No podía soportar mirarla y se volvió hacia el lago, ciego por unas lágrimas que no querían caer.

–Porque eso era lo que querías –musitó, rodeándole la cintura con los brazos.

–Dije que quería añadir esta villa a mi cartera de inmuebles, pero en realidad lo que quería era impedir que Maurice se hiciera con ella, y sí, eso me proporciona un pequeño placer. Pero no sabía cuál era el estado de salud de Leonard. Y en realidad tampoco era esa la razón que me había hecho desearla.

–Querías a tu padre –le puso la mano en el pecho para sentir el latido de su corazón–, y murió. Y luego, tu madre.

–Sí.

–Y eso duele.

Él se volvió.

–Sí –admitió y la agonía cesó–. Lo que le hicieron a mi madre es imperdonable. Nunca les habría dejado entrar aquí, Gracie. Si me comprendieras, lo sabrías.

–Lo que sé es que eres tremendamente fuerte y…

–No. No me cargues con esto. No intentes que parezca más grande de lo que soy, porque no es cierto. No debiste hacerlo.

–Puede que no –dijo–, pero mi intención era buena. Y tú no eres como ellos, Rafe, eso es lo importante. Nunca harías lo que ellos te hicieron a ti. A nadie. Ni siquiera a ellos.

Él no contestó.

–Te veían como una amenaza, y la gente hace cosas absurdas cuando está asustada. Otras veces, son simplemente malas personas. Pero tú no lo eres.

Quería serlo, y la única razón por la que no lo había sido era por ella. Porque Gracie no lo era, a pesar de lo mucho que había sufrido. ¿Cómo había logrado mantenerse así, tan desinteresada, tan encantadora, después de la odisea que había tenido que pasar?

–La vida no es en blanco y negro –continuó en voz baja–. No hay modo de lograr que todo sea sencillo. Las complicaciones están ahí.

–No quiero que sigas compadeciéndome. Tú tampoco lo tuviste fácil.

–No. Mis padres decían que me querían, pero, si me querían de verdad, ¿por qué tratarme como si fuera un hueso que esconder para que el otro no pudiera encontrarlo? ¿Por qué cada uno tenía que tirar de mí hacia un lado? Todos nos hicimos daño. Como te he dicho antes, cuando la gente está asustada, hace las cosas más absurdas.

Él rotó los hombros, no sabía por qué estaba tan enfadado hacía solo un instante. Por qué había creído que aún podían hacerle daño. Ya no tenía ocho años, y no estaba solo. Era un adulto y tenía todo de lo que antes carecía: seguridad y certezas. Que apareciera su hermanastro no debería haberlo molestado tanto.

–Has sido amable con Leonard –dijo–. Eres mejor persona que yo, Gracie James.

–Mi abuelo James… se parecía a Leonard cuando empezó a perder la cabeza, y lo reconocí en él. Por eso me dio tanta lástima Maurice. Es duro.

–¿Cómo está ahora tu abuelo?

–Cuando volví a Londres para verlo, prácticamente había perdido todos los recuerdos. No me reconoció. Ahora hace un año que falleció. El reloj que me dejé aquí era suyo. Adopté el apellido James cuando decidí volver a empezar. Quería elegir.

—Porque estar al mando de tu vida es importante para ti —resumió él. Había escogido quién quería ser… literalmente—. Ahora lo entiendo.

—Sí.

—Te faltaron tantas cosas.

—Lo mismo que a ti.

Rafe la abrazó, y sintió una serenidad invadirlo, hacer desaparecer aquel desastre que tenía en el corazón.

—Entremos a por tu reloj.

—Estupendo.

Estaba en su dormitorio. Con el corazón en la garganta, tocó el viejo reloj con su esfera redonda y la vieja correa.

—Vintage otra vez —dijo, intentando sonreír.

—Trocitos de historia —contestó, colocándoselo—. Puede que sea una sandez, pero pienso que son cosas que nos conectan con la gente, con nuestro pasado. Una especie de ladrillos de identidad. Puede que por eso deseases esta villa.

—Puede.

Gracie se acercó y tomó su cara entre las manos. El corazón le dolía por él. No quería verlo así de vulnerable. Sufriendo así. Y ella acababa de hacerle daño.

—No sientas lástima por mí —dijo él.

—Tú tampoco la sientas por mí —sonrió.

No tenía nada que darle excepto a sí misma. Su amor. Su sinceridad. Pero a él no le interesaba, y no tenía sentido intentar cambiarlo. Solo quedaba el momento para disfrutar.

—Detesto esta sensación.

—¿Qué sensación?

—Esta confusión —aclaró, pensativo—. Era más fácil cuando podía odiarlos sin más.

–Nada es tan sencillo.

Él negó con la cabeza y rozó sus labios con los dedos.

–Esto es sencillo. Esto es bueno –se volvió al equipaje que había dejado tras la puerta–. Te he traído un regalo de París –dijo, y levantó una mano para detener sus protestas–. No es una pulsera de esmeraldas.

–Esperaba que no lo fuera.

–Es una cosita pequeña. ¿De verdad no te gustan los regalos? Igual ni lo usas –sacó un paquete del bolsillo de la maleta–. Es un cortador de pizza –anunció, quitándole el envoltorio–. No es nada del otro jueves, pero pensé que a lo mejor te gustaba. No es solo antiguo. Prácticamente es una antigüedad, aunque ahora sé que las cosas antiguas que coleccionas son porque te unen con tu pasado, no por los objetos en sí.

–Y la conexión de este cortador es contigo –sonrió, dándole vueltas en la mano–. Me encanta. Gracias.

–¿De verdad? ¡Te encanta! –repitió, llevándose la mano al corazón.

–Debes pensar que soy una desagradecida.

Rafe se apoyó en la pared y la miró, solemne de pronto.

–No, creo que te cuesta trabajo asimilar que te den cosas.

–No soy una santa, Rafe –se sentó en el borde de la cama y jugó con el mango del cortador–. Sabes que me fui a vivir con mi padre cuando tenía dieciocho años… –respiró hondo para prepararse–. Fue una celebración, supongo. Hubo una gran fiesta de bienvenida. Me tenía preparados regalos, por todos los cumpleaños y las Navidades que habíamos estado separados –se aclaró la garganta y bajó la mirada–. Fue muy considerado…

–¿Pero? Puedes contarme lo que sea Gracie.

–Fue un gesto precioso. No fue culpa suya que… no me conocía y yo no lo conocía a él, y nos hicimos daño.

–¿Los regalos… no te gustaron?

Hizo una mueca.

–Eran…

–Sé sincera.

–No… iban conmigo. Pero eso no debía sorprenderme, ¿no? ¿Cómo iba a saber lo que me gustaba llevando tanto tiempo separados? No nos conocíamos. Estoy segura de que yo hice cosas que a él no le hicieron ninguna gracia.

–¿Y no fuiste capaz de reírte de ello?

Negó con la cabeza. Nunca había podido reírse sobre sus padres.

–El problema fue que siguió comprándome regalos.

–Regalos impersonales.

Sí. Contempló el cortador una vez más. ¿Cómo era posible que Rafe le hubiera comprado algo que le encantaba después de conocerse hacía tan poco tiempo? Pues porque le había prestado atención, se había tomado el tiempo necesario de encontrarlo, pensando, no simplemente encargando el regalo número uno en ventas de Internet.

–Le dije que no lo hiciera, que no tenía que hacerlo porque no tenía que sentirse como si estuviera en deuda conmigo. Que no tenía que comprar mi afecto. Yo no soy así, Rafe –dijo, mirándolo angustiada–. Las cosas no me importan así.

Había viajado tanto con tan poco que tenía una gran sensibilidad hacia lo que tenía o no verdadero valor.

–Cualquiera que te conozca lo sabría, Gracie.

Cualquiera que se molestara en conocerla. Y esa era la cuestión, por supuesto.

–Mi padre siguió comprando, siguió gastando dinero, pero yo quería su tiempo, no su dinero. No quería cosas. Quería… lo vi con mis hermanastros y deseé…

–Haberlo tenido contigo toda la vida –terminó por ella.

–Entonces un día, dijo que tenía una gran sorpresa para mí. Estaba entusiasmado y así se lo hizo saber a todos los que estaban allí. Había alquilado una pequeña pastelería. Era muy pequeña, pero estaba en un barrio de moda. En realidad era un café.

Alzó la mirada y se encontró con que Rafe fruncía el ceño.

–Increíble, ¿verdad? –dijo, sintiendo lágrimas en los ojos–. Sería lógico pensar que no habría nada mejor para mí –y así debería haber sido. Debería haberse sentido desbordada por la gratitud–. Fue increíblemente generoso y considerado –una lágrima le rodó por la mejilla, pero Rafe no se acercó, ni apartó la vista un segundo–. Pero había un pequeño apartamento encima para mí. Tenía que dejar su casa e irme allí sola.

Ya no la querían.

–Pero ¿no estabas viviendo con él para que pudiera conocerte y recuperar todos esos años que habíais estado separados? –preguntó Rafe.

La garganta se le cerró.

–Sus hijos eran pequeños y estaba muy ocupado con ellos y con su mujer. Me prometió que dejaría de buscar a mi madre. Que lo sentía y que me quería mucho, pero que las cosas no estaban funcionando. Supongo que fue demasiado para él.

Fue un golpe durísimo. No era la hija que él quería. Se habían perdido años y años, que no iban a poder recuperar, y cuando la tuvo a su lado, no quiso que se quedara.

–Lo intenté con todas mis fuerzas –recordó–. Les hacía donuts a los chicos, les hacía probar todos los sabores nuevos. Había estado estudiando en una escuela de cocina, pero intenté encajar. Me ofrecí para hacer de canguro, intenté ayudar en la casa. Pero estaban muy ocupados, ¿sabes? No me necesitaban.

Tenían una vida nueva y ella no encajaba, así que buscaron el modo de deshacerse de ella.

Rafe se acercó y se agachó delante de ella para poder mirarla a los ojos.

—No tendrías que haber hecho nada para que te necesitaran, Gracie. Deberían haberte querido sin más. Tal y como eres.

Quería que la quisieran. Quería quedarse en aquella casa grande y acogedora y sentirse bienvenida. Quería estar a salvo y segura, y permanecer allí. Quería un hogar, una familia para siempre…

Rafe esperó, pero ella seguía sin poder hablar.

—Entonces ¿no aceptaste el alquiler del café?

Ella negó vehementemente con la cabeza.

—Yo no pretendía eso de él, pero mi padre quería que me marchara de su casa. Nadie quería que me quedara –las lágrimas le rodaron por las mejillas–, así que me fui.

—¿A Europa?

Ella asintió mientras se secaba furiosamente las lágrimas.

—Es horrible, ¿verdad? Ser tan desagradecida después de un gesto como ese…

—No es horrible.

Cerró los ojos para no ver la ternura que palpitaba en su mirada y respiró hondo.

—No pasa nada. Es una tontería que me ponga así ahora.

Rafe tomó sus manos.

—No es una tontería. Y sí que pasa. Tu padre pensó que te lo estaba dando todo y, sin embargo, no te dio lo que más querías. Los dos lo hicieron. Tu padre y tu madre. Y es terrible, Gracie. Lo es.

Tenía razón.

Sintió cómo la abrazaba y la dejó llorar sobre su pecho. Y Gracie lloró, lloró y lloró.

Tiempo después, se obligó a separarse y se secó los ojos antes de darle un beso.

–¿Es una recompensa por…?

–Por nada. Esto no es por el regalo. No es porque hayas sido amable con esa gente, aun cuando no querías serlo. Tampoco porque te haya echado muchísimo de menos. La razón por la que te he besado es mucho más simple.

–¿Ah, sí?

–Porque eres guapísimo –sonrió–. Y porque besas de maravilla.

En realidad no era la verdadera razón. Era por todo lo que era él, y no podía seguir flirteando como si nada. Le importaba, y necesitaba demostrárselo. Necesitaba tenerlo.

–Gracie…

–Sí –contestó aun antes de saber qué le iba a preguntar.

–Te necesito, Gracie.

–Bien.

Porque ella lo necesitaba a él también, y en aquel preciso instante.

Se movió con rapidez, desabrochándole el cinturón sin dejar de besarlo, desesperada por sentirlo contra ella por completo. Porque la llenara y volviera a hacerle sentir aquella maravillosa libertad física.

–No –dijo él, y la empujó sobre la cama, donde le sujetó las manos por encima de la cabeza, cubriendo su cuerpo–. Rápido, no. Esta vez, no.

–¡Pero yo quiero que sea ya!

–No –insistió y lamió su boca–. Me voy a tomar mi tiempo.

Y no fue solo una forma de hablar. Fue una auténtica tortura. La desnudó despacio. Lentamente fue tocando cada rincón de su cuerpo, con una ternura y una delicadeza que rayaba en la crueldad.

Gracie arqueó la espalda y sonreía mientras las lágrimas le rodaban por las mejillas y su intensidad le hacía temblar.

–No –repitió Rafe–. Aún no, Gracie.

Así que se contuvo para conocerlo a él. Para hacerlo sentir tan en carne viva, tan deseado como se sentía ella. Rodaron juntos en un áspero combate de manos, bocas, aliento y cuerpo.

–Rafe, por favor…

Por fin decidió darle lo que de verdad deseaba: a él. Su cuerpo invadió el suyo, dominándola, feroz, abrasador, lento, sublime. Estaban tan cerca el uno del otro que nada podía interponerse entre ellos. Solo placer. Solo adoración. Solo amor.

Tardó un rato en volver a la realidad y, cuando lo hizo, él estaba derrotado sobre ella.

La emoción la embargó. La emoción más intensa de su vida. No era gratitud, ni codicia… era algo que tenía que darle. Algo que no podía retener más.

–Rafe… –pronunció su nombre acariciándole la mejilla–. Yo…

–No lo digas –le susurró al oído–. No.

–Tengo que ser sincera. No voy a ocultar lo que siento por ti.

–No sientes nada –contestó, mirándola a los ojos.

Ella dejó caer la mano, sorprendida.

–No puedes negarlo. No puedes negarme la voz, los sentimientos o la vida. Lo compartiría todo contigo, Rafe. Sabes que lo haría.

–No…

–Me he enamorado de ti.

–Adoración –corrigió él, separándose de ella–. Eso es todo. Tú misma lo dijiste.

Respiró hondo y se levantó de la cama.

—Sabes que no es eso.

Colocándose una toalla alrededor de la cadera, se volvió a mirarla.

—No puedo darte lo que quieres.

—¿Qué te hace pensar que quiero algo de ti? Quizás solo quiera dar.

—Todo el mundo quiere algo. Siempre hay un precio.

Eso le dolió.

—No por amar. El amor verdadero es incondicional, Rafe. Simplemente se siente, y no se puede detener, ni negar.

—¿Permitirías que recibiera, y recibiera, y recibiera de ti, que me llevara toda tu bondad, tu energía, tu generosidad, hasta que me hartara y te dejase? ¿Te conformarías con eso? No. No lo harías. ¡Si ni siquiera viniste conmigo a París unos días!

Gracie se incorporó y se abrazó las rodillas.

—Te ofrezco mi amor. No espero que tú me quieras a mí, pero sí espero que respetes mis sentimientos, no que los niegues. Y no, entiendo que no quieras lo que te estoy ofreciendo, así que no me acomodaré. Sé que, cuando hoy salga por la puerta, será el adiós. Sé que se ha terminado.

—Entonces, ¿por qué decirlo? —preguntó, frustrado—. Yo no quiero que esto se termine. Así, no. Todavía no.

¿Es que no podía haberlo dejado pasar?

—No voy a esconderme. No voy a negarlo. No pienso guardar secretos, porque me merezco más —ladeó la cabeza—. Y tú, también. Lo que pasa es que no te lo crees.

—No existe, Gracie. El felices para siempre que quieres es una fantasía. Los cuentos de hadas no son reales.

—Las emociones sí lo son, Rafe.

Se levantó de la cama y buscó su ropa.

–¿En serio? ¿Pretendes darme lecciones en cuanto a enfrentarse a las emociones? ¿Tú, la mujer que se pasa la vida fingiendo que todo es perfecto? ¿La misma que no es capaz de decírselo a su jefa cuando está agotada porque tiene miedo de dejarla colgada y de perder su amistad?

Eso era un golpe bajo...

–Vives en un fantástico mundo de hadas –continuó, implacable–. Pero sigues teniendo miedo de no ser feliz, como si el mundo aquí fuese perfecto. Dices que eres honesta, pero no lo eres. Y la persona con la que no lo eres es contigo misma.

Su ataque la dejó desconcertada.

–Acabo de abrirme a ti, pero porque me he arriesgado a admitir que siento algo por ti, ¿me atacas? ¿Qué pasa? ¿Es que algo no tiene que ir bien en mi cabeza si te quiero? Estás más tocado de lo que yo me creía. ¿De verdad crees que nadie puede quererte?

Una emoción indescifrable iluminó sus ojos, algo más fuerte que la ira que había visto en ellos un instante antes.

–No puedo ser la persona que tú quieres que sea, Gracie. Nunca he tenido la clase de hogar con el que tú sueñas. Miro a mi alrededor aquí, y lo único que veo son habitaciones vacías por las que unos huéspedes pueden pagar. El mundo que tú quieres me es desconocido. No quiero lazos, o cadenas, con el pasado.

Estaba mintiendo. La estaba apartando, castigándola por lo que acababa de decir.

–Y, sin embargo, has comprado esta villa.

–Era una buena oportunidad de negocio.

–¿Y eso es todo?

–No. Era el resto de una fantasía infantil. No era real. No me aportó felicidad. Las relaciones, los recuerdos, las baratijas, tampoco lo hacen. La libertad, sí.

Libertad económica. Y emocional. Yo necesito ser libre, Gracie. No puedo soportar la carga de tu felicidad.

Sus palabras la destrozaron. No era eso lo que ella quería tampoco, y la ira afloró.

–Yo no te estoy pidiendo que hagas eso. Lo único que he hecho es decirte cómo me siento y, por supuesto, no puedes digerirlo. No espero nada de ti –dio un paso atrás–. Déjame que me vista.

Salió del dormitorio inmediatamente.

Gracie se sentó en la cama y respiró hondo. Lo sabía. Por eso había rechazado su invitación para ir a París: porque lo que era fácil para él, tenía mucha más carga para ella.

Cuando bajó a la planta baja diez minutos más tarde, él estaba cerca de la puerta principal.

–He estado pensando…

–Qué raro.

Rafe se cruzó de brazos.

–Puedo buscar a otra persona para que se ocupe de la fiesta.

–¿Nos quitas el contrato? ¿Porque tú y yo ya no nos acostamos? ¿Porque he osado decirte lo que siento por ti?

–No lo hagas algo personal.

–Tú eres el que no puede separar lo personal de lo profesional. ¿Quieres castigarme?

–No –contestó con suavidad–. No quiero hacerte más daño del que ya te he hecho.

El orgullo la empujó a mentir, a negar que la hubiera hecho daño, pero entonces él ganaría. Sería una persona más que le haría ser infiel a sí misma. No iba a ocultar sus emociones. A él, no.

–No puedes. Ya estoy herida, Rafe. Ya me has hecho

tanto daño como es posible, pero si haces esto, también harás daño a las personas con las que trabajo. Puedo controlarme perfectamente. No voy a montar una escena, o a mirarte con los ojos llenos de lágrimas –fue hasta la puerta–. Ve a por otra mujer, o haz lo que quieras, que yo no te voy a estar observando. Soy capaz de hacer mi trabajo porque soy una profesional y puedo controlar mis sentimientos. La cuestión es si tú puedes.

–¿Así quieres que sea el juego?

–Esto no es un juego. Es sinceridad. Quiero hacer mi trabajo. Tú te vas a ir de Bellezzo, pero mi hogar está aquí. Yo no me voy a marchar a ninguna parte, y quiero ejecutar ese contrato.

–Si es lo que quieres…

–Lo es. Tenemos ya casi la mitad de los preparativos hechos y no vas a encontrar nada tan bueno como lo que nosotras podemos ofrecerte con tan poco margen de tiempo. Estoy segura de que no querrás que tus invitados pasen hambre.

–No quiero que seas tú quien sirva la comida.

Que pudiera hacerle todavía más daño le sorprendió.

–Me esconderé en la cocina.

–No era eso lo que… –no terminó la frase–. Déjame llevarte al pueblo.

–No, gracias.

–Gracie…

–No puedo quedarme a charlar. Tengo que llegar a casa antes de que se haga de noche. Esta Caperucita Roja no debería haberse alejado tanto del camino, ¿verdad? Porque hay un lobo por estos bosques. Me está bien empleado por vivir en mi mundo de cuento perfecto.

Capítulo 12

RAFE caminaba por la orilla del lago, mirando de vez en cuando a la villa, que estaba siendo decorada por un equipo de expertos en luz y sonido. En un primer momento había organizado aquella estúpida fiesta solo para poder volver a ver a Gracie. Qué idiota. Lo que debería haber hecho era cancelarla y marcharse de Italia.

Pero no había sido capaz de hacerles eso a Francesca y a Gracie. Por supuesto podía haberles pagado el trabajo que ya habían hecho, pero no era solo cuestión de dinero. Era la impresión y los contactos que podían obtener. Se lo merecían. Era la única cosa que podía darle, porque lo que ella quería era imposible.

Seguía furioso con ella por echar a perder un acuerdo perfecto. Todo había sido genial. Los dos eran felices. Pero para ella no había sido suficiente. Y eso que se lo había advertido desde un principio. Pero su declaración de amor había traicionado su acuerdo. ¿Y su dignidad?

¿Cómo era posible que, después de haberla insultado, aún fuera capaz de ver lo mejor de él? Su esperanza, su optimismo eran indeformables, algo que le hacía sentirse aún más furioso. Y para colmo, seguía deseándola.

—Señor Vitale.

—Alex —se sorprendió—. No esperaba verlo.

—Quería asegurarme de que todo estaba bien para

esta noche. He podido convencer al nuevo equipo de seguridad para que me dejara pasar –hizo una pausa–. Y quería darle algo.

–¿Ah, sí? –preguntó. No se fiaba de su expresión serena.

–Llevo toda la vida creando rosas nuevas. Es tanto un hobby como una carrera. Esta flor es mía.

Le entregó una rosa.

–Si le parece bien, voy a plantarlas a lo largo del acceso del este.

–Por supuesto. Aprecio su habilidad, Alex.

–Se llama Aurora Grace. Aurora era mi esposa, la mujer más hermosa que haya podido ver.

–Eso es precioso.

Intentó alejarse porque no quería saber más, pero Alex echó a andar a su lado.

–Elegí Grace porque la planta es generosa al extremo. Tiene pétalos y floración abundantes, y sigue floreciendo aunque no sea lo mejor para su propia supervivencia.

Rafe se detuvo y lo miró en silencio.

–Necesita algunos cuidados especiales.

No iba a parar, pero en el fondo resultaba reconfortante saber que Gracie tenía a alguien a su lado. No se merecía estar sola.

–De modo que la planta es muy afortunada de que sea usted quien la atienda. Todo el jardín lo es. Se lo agradezco de verdad –dijo Rafe–. Debería saber que he decidido vender la villa. No encaja con mi cartera de propiedades, así que me gustaría que siguiera cuidando de las rosas hasta que el nuevo propietario asuma el control.

–Por supuesto –su expresión se endureció–. Es un placer para mí cuidarlo. No lo considero un trabajo duro. En realidad, ni siquiera es un trabajo.

Rafe le dio la espalda para no pensar en su tono inci-
sivo. ¿Trabajo duro? Gracie James era la mujer a la que
era más fácil amar en el mundo entero. Debería estar en
el centro de una familia maravillosa con toda la seguridad que tanto anhelaba. Necesitaba que un hombre
fuerte creara algo así para ella. Un hombre que pudiera
darle todo. Él podía darle dinero, viajes, joyas, pero no
era eso lo que ella quería. Quería lo único que él no podía darle. Su corazón estaba demasiado encogido, demasiado lleno de cicatrices. No era suficiente. Él no era
suficiente. Merecía más de lo que le podía ofrecer. Lo
mejor que podía hacer era quitarse de en medio.

Más de ochenta invitados se habían presentado. El
personal del catering servía champán. El DJ de LA enviaba buenas vibraciones que llegaban a la superficie
del lago. Y Gracie James estaba dando a cada uno de
sus invitados un placer culinario.

Allí estaba, sonriendo mientras servía sus creaciones. Llevaba un vestido muy sencillo color negro.
Como si pudiera fundirse con el paisaje.

Se acercó a ella abriéndose camino entre la gente.

–No había suficientes camareros –le explicó con
suma frialdad en cuanto lo vio aparecer.

–Está bien.

Pero no estaba bien. Detestaba ver cómo otra gente
la miraba, hablaba con ella. O peor aún: le preguntaba
quién era. La vio tomar el pasillo y que un fotógrafo de
moda la seguía.

Cuando llegó a la cocina, ella estaba terminando de
llenar una bandeja y él se reía, apoyado en la encimera
cerca de ella.

–Solo el personal del catering puede entrar aquí
–dijo con aspereza–. Los invitados, no.

–Perdona, Rafe –se disculpó, pero la mirada que le dedicó a ella no fue ni mucho menos de disculpa.

–¿Eso era necesario? –preguntó ella cuando el fotógrafo se hubo marchado. Estaba pálida, y ya no sonreía–. Solo estaba siendo agradable.

–Lo siento –dijo de mala gana.

Ella no debería estar allí, y él, debería haberse marchado.

–Lo sientes solo porque te sientes culpable, pero no es necesario que te sientas culpable –sonrió, pero no llegó a sus ojos–. Supéralo, Rafe. En mi vida hay muchas otras cosas aparte de ti. Muchas más. Aun aquí, en este pueblo somnoliento en el que me he enterrado y en el que malgasto mi vida.

–Lo siento –se disculpó de nuevo al recordar su insulto.

–Eso ya lo has dicho.

Tomó la bandeja y se la entregó en el pasillo a una camarera antes de volver.

–Esa era la última bandeja, así que he terminado. Francesca recogerá nuestras cosas mañana por la mañana.

Había hecho sus mejores creaciones, no por Francesca y por su negocio, sino para fastidiar a Rafael. Para demostrarle que, aunque estaba herida, no estaba hundida. Nunca hundida. Y lo había logrado. Francesca se había quedado sin tarjetas de visita.

Pero la victoria le había resultado vacía porque no había ganado lo que de verdad quería. No lo había ganado a él.

Él nunca la pondría a ella por delante, nunca admitiría su necesidad. Aunque también podía ser que de verdad no la necesitara. Su vida quedaba muy lejos de la suya, tan simple. Él era un hombre poderoso, rico y rápido. ¿Cómo se le había ocurrido pensar que podía trabar una relación emocional de cualquier tipo con él? Habían sido apenas un par de semanas. Una aventura. Cinco minutos más, y la olvidaría. Era lo que hacía la gente. Seguía adelante con sus vidas.

Y ahí estaba, sin decir una palabra, viéndola lavarse las manos. Se preparó para salir, pero no pudo resistirse a preguntarle si lo que había oído era cierto.

—Le has dicho a Alex que vendes la villa.

—Me parece un buen momento, ahora que la restauración se ha completado y ha tenido cierta publicidad. Solo la compré para impedir que Leonard y Maurice se hicieran con ella —se encogió de hombros—. Resultó que solo querían echar un último vistazo, así que ha sido una pérdida de tiempo. He sido un idiota.

El dolor le silbó entre los huesos como un viento ártico.

—¿Vuelves a tomar ese camino? ¿No era un lugar que tú también querías?

—Tú y yo no queremos las mismas cosas.

—Tú no sabes lo que quieres, y si lo supieras, no podrías admitirlo —dijo, y salió por la puerta trasera. La puerta de servicio.

—Solo quiero lo mejor para ti —le dijo aún.

—No actúes como si estuvieras haciendo lo mejor para mí —explotó—. Estás haciendo lo que es mejor para ti, como siempre. Nunca he conocido a un hombre tan cobarde como tú.

Salió de la villa y subió a la furgoneta de Francesca. Lo había logrado. Había conseguido pasar la noche con la cabeza bien alta… hasta aquel momento. Ahora sabía que él se marchaba definitivamente.

Ahora estaba hundida.

Capítulo 13

SEGURO que no quieres venir? –preguntó Alex al poner en marcha su vieja camioneta–. Esas rosas van a ser las últimas de la temporada. ¿No quieres verlas?

Gracie se obligó a sonreír.

–Iré dentro de unas semanas a verlas, pero hoy tengo mucho que hacer.

Alex se despidió con un gesto de la mano y se alejó, y Gracie dio la vuelta y tomó el callejón que conducía a *Pasticceria* Zullo. Era demasiado pronto para acercarse a Villa Rosetta. Apenas había pasado una semana desde aquella horrible fiesta y la marcha de Rafael.

Día a día lo superaría. Día a día…

Rafe caminaba por una concurrida calle de Manhattan, añadiendo mentalmente otra tarea a su lista. Había vuelto a trabajar y a ladrar órdenes por teléfono. Tenía que viajar más para supervisar a sus equipos. Eso lo ayudaría a recuperar la pasión por su trabajo, ¿no?

Pero, a cada café que pasaba, veía los dulces de las vitrinas y sabía que no serían ni remotamente tan buenos como los de ella. Curiosamente no tenía hambre. De hecho, tenía una sensación de náusea permanentemente en el estómago.

Durante años había sido feliz trabajando duro, jugando duro, disfrutando de las mejores cosas de la vida, pero todo eso ya no le satisfacía. Los acuerdos eran aburridos. ¿Otro hotel? ¿Y qué? ¿Otro complejo de apartamentos? Le importaba un comino.

Debía estar poniéndose malo. Nada parecía calmar la sensación constante de desasosiego que sentía en el pecho. Tampoco dormía bien. Ni siquiera el agotamiento físico le permitía dormir bien, y Dios sabía que lo había intentado.

Lo único que seguía funcionando bien en él, era su deseo sexual. Esa era la única parte de su cuerpo que seguía funcionando. El sexo.

Lo había practicado mucho con Gracie, así que pasar del festín a la hambruna era todo un cambio. Eso tenía que ser. Bastaría con que descolgase el teléfono para encontrar una compañera de cama, pero pensar en dormir con otra persona le ponía los pelos de punta, y la idea de Gracie con otro hombre le disparaba. Nunca había estado tan irritable.

Gracie y él querían cosas diferentes. Y no podía aprovecharse de sus sentimientos, sabiendo que él no sentía nada. No es que tuviera experiencia en el amor, pero sabía que no tenía nada que darle, al menos, nada intangible. Y con ella, todo se reducía a lo intangible.

Confianza era imposible. No podía confiar en lo que estaba sintiendo en aquel momento. ¿El lacerante dolor? ¿La sensación insistente de haber cometido un error? ¿Cómo podía estar seguro de que no cambiaría, o se agotaría, o desaparecería? Y el supuesto amor de Gracie por él, ¿no podía morir también?

El dolor que sentía en el pecho se volvió tan agudo que los ojos se le llenaron de lágrimas. No podía soportar la idea de que pudiera llevarse el amor que había dicho que sentía por él.

Sí. Eso era lo que temía. Que dejara de quererlo. Que lo dejase. Perderla. Volver a ser un descastado, estar solo. Jamás. La había apartado de su lado antes de que eso pudiera ocurrir.

Sí, habían estado juntos muy poco tiempo, pero lo que sentía por ella... lo fácil que le era estar con ella, la risa y la alegría que compartían, el deseo de provocarla que se acababa transformando en deseo de protección, el calor y la pérdida absoluta de control... ¿qué era todo aquello sino... sino qué?

Pero Gracie había sido honesta. ¿Y él? ¿Podía decir lo mismo? No. Él había dado marcha atrás. No había sido lo suficientemente valiente para analizar sus verdaderos motivos.

¿Y eso importaba?

A juzgar por el ataque al corazón que parecía estar teniendo en aquel momento, sí. Ella era dulce, generosa, cariñosa, dispuesta a perdonar. Quizás fuera de ella de quien tenía que aprender. Quizás había hecho daño a la persona que siempre habría estado ahí para él si no la hubiera tratado como si fuera basura. La había abandonado. La había rechazado.

Se detuvo de golpe y murmuró una disculpa a la persona que estuvo a punto de estrellarse contra su espalda. Se apartó del tráfico de peatones e intentó respirar más tranquilo, echándose mano al pecho.

–¿Se encuentra usted bien?

Un turista de edad se había parado a su lado y lo miraba preocupado.

–Eh... sí –respiró hondo–. Creo que sí –añadió, e intentó sonreír–. Gracias.

Era la clase de cosa que Gracie haría sin dudar. Porque ella pensaba en los demás, se preocupaba y tenía un alma generosa.

Una nueva determinación se apoderó de él. Necesitaba volver a Italia. Necesitaba enderezar las cosas, decirle a ella la verdad. No volver a tener miedo.

No podía ser ya demasiado tarde. Se negaba a contemplar esa posibilidad.

Capítulo 14

UNA FAMILIA va a mudarse a Rosetta – anunció Sofia, la prima de Francesca y suministradora de *minestrone* a Alex. Había entrado en la *pasticceria* dispuesta a cotillear, ignorando la fila de personas que aguardaban–. Acaba de decírmelo Stella.

–Ah –contestó Francesca, sonriendo a Gracie para mostrarle su apoyo.

Gracie continuó estirando la masa y fingiendo no prestar atención.

–Al parecer, se van a mudar ya mismo –añadió.

Se había pasado la semana anterior evitando Villa Rosetta y evitando también hablar demasiado con nadie. Incluso se había planteado tomarse unas vacaciones e irse a algún sitio para evitar las miradas curiosas.

Aquella noticia le era útil. Así que una familia iba a ocupar Villa Rosetta. Eso estaba bien. La villa se había creado para una familia y así ella podría dar un paso adelante. Nunca volvería a ver a Rafael Vitale.

Pero al darse cuenta de ello, tuvo que darse la vuelta hacia el rincón para poder cerrar los ojos un instante y contener las lágrimas porque ser consciente de ello le había dolido. Hondamente.

–¡Gracie! ¡Gracie!

Se volvió al oír la preocupación en la voz de Francesca, secándose furtivamente las mejillas y salió.

–¿Qué ocurre? ¿Es Alex?

Se quedó clavada en mitad del café.

Un calor abrasador le recorrió el cuerpo, seguido de un frío atroz. Estaba viendo a Rafael Vitale. El hombre al que echaba de menos con cada respiración. El hombre que le había partido el corazón.

Él no dijo nada. No era necesario. El resto del mundo había desaparecido.

No podía hablar. Quería huir, o esconderse, o hacerse una bola y dejarse morir, pero no lograba que su cuerpo cooperase. Se había quedado clavado en el sitio. Y en aquel momento odió a Rafael por ello.

—Gracie —la saludó.

Ella no fue capaz de contestar.

—No me mires así.

No tenía ni idea de cómo lo estaba mirando. ¿Por qué estaba allí? ¿Por qué había vuelto?

La emoción rompió la rigidez en la que su sistema la había sumido a modo de protección y la ira, una ira pura y eléctrica, se apoderó de ella.

—He cometido un error —le oyó decir—. Enorme. Bueno, más de uno. Un montón.

—¿Qué haces aquí?

El café estaba en silencio como un mausoleo. ¿Es que nadie más respiraba?

No sabía qué decir. El corazón le latía desaforado, estrellando la sangre en sus oídos.

—¿Quieres comprar dulces? ¿Pan?

—No. Solo te quiero a ti.

La sorpresa volvió a dejarla sin palabras. No podía haber dicho eso. No podían estar teniendo aquella conversación delante de tanta gente. Apretando los puños, logró al fin moverse y alejarse de las miradas de los clientes, de su jefa y, sobre todo, de él.

—No huyas de mí, Gracie —la llamó cuando ella salía al calor abrasador del verano.

–Entonces no me destroces delante de mi mundo –contestó–. Dame un poco de intimidad.

–Lo siento. Estaba intentando…

–¿Qué? ¿Qué intentabas?

La miró un instante y luego vio a la gente que se había congregado en la puerta del café.

–Intimidad. Eso es –señaló su coche–. Por favor.

El Ferrari estaba ilegalmente aparcado justo enfrente del café.

Rafael abrió la puerta del pasajero y ella se preguntó si iba a dejar que lo hiciera. ¿Podría soportar más dolor?

«Solo te quiero a ti», recordó. Ojalá pudiera creerle, pero lo de para siempre no iba con él.

–Por favor, Gracie.

No podía negárselo. A él, o a sí misma. Otra vez, no.

Se acercó y él le sujetó por un brazo antes de que entrase para decirle:

–No lo conocía. No sabía cómo manejarlo.

–¿El qué?

–El amor.

El corazón latió con una fuerza tal que dejó sin aire sus pulmones.

–No voy a…

–Te echo de menos –la interrumpió–. Odio despertarme y que no estés. Odio haber echado de mi lado lo mejor que me ha pasado en la vida. Odio haber sido tan idiota como para huir de esto.

No pudo resistirse más y lo miró a los ojos.

–¿Esto?

–Tú –sus ojos se clavaron en los suyos–. Odio la villa sin ti. Es demasiado grande. Está vacía. Yo estoy vacío.

La boca se le secó.

–Pero la has vendido.

–No. La he retirado del mercado.

–Sofia ha dicho hace un momento que una familia viene a vivir en ella.

Se quedó muy quieto un momento y luego asintió.

–Eso es lo que espero que ocurra –dijo, y respiró hondo–. No es una familia muy grande aún. Es solo una pareja, pero quiero pensar que tendrán hijos en algún momento.

–¿Una pareja?

No podía apartar la mirada de él, de la ferocidad de sus ojos.

–Tú y yo.

No se podía creer lo que estaba oyendo.

–¿Te quedas tú la villa?

–Solo si vas a venir tú a vivir allí conmigo. Alex se ocupará de las rosas. Buscaremos a alguien que lo ayude. Tú podrás trabajar en la *pasticceria*, o puedes también desarrollar un negocio de catering desde la cocina.

Tenía un ruido en la cabeza como de olas llegando a la orilla.

–¿Has dicho… niños?

Con suavidad, tiró de su brazo.

–Sube al coche, Gracie. Necesitamos intimidad.

Temblaba tanto que le costó trabajo ponerse el cinturón de seguridad. Él no decía nada y ella no podía hacerlo. Iba deprisa, pero no lo suficiente para ella. Necesitaba sentir su contacto, sentir por dentro y por fuera que estaba allí, que había vuelto y que no iba a marcharse, pero ¿era eso lo que pretendía?

La incertidumbre estaba devorando la poca seguridad que tenía.

«Solo te quiero a ti». Solo la quería a ella… ¿para qué? ¿Para tener sexo? ¿Para otra aventura? Las dudas la asediaban como las nubes de tormenta. Quería creer en el cuento de hadas, pero él le había dicho que esos cuentos eran para idiotas, y no quería volver a hacer el idiota con él. No quería empezar a creer…

Pisó el freno con brusquedad ante la puerta de la villa, se quitó el cinturón y se volvió a mirarla.

–Para mí no es fácil confiar, pero es que tú… eres tan fácil de amar, Gracie. Te quiero, y quiero hacerlo todo contigo. Todo y para siempre. Por favor, dime que no es ya demasiado tarde.

¿Todo para siempre? Una única lágrima gorda rodó mejilla abajo.

–¡Claro que no es demasiado tarde! El amor no se enciende y se apaga sin más.

–No… no llores –le rogó, abrazándola–. Lo siento. Lo siento tantísimo… ¿cómo puedo arreglarlo?

No le dio tiempo a contestar. Gimiendo la besó en la boca apasionadamente, y ella se aferró a él gimiendo también, desesperadamente hambrienta, vacía, necesitada de besarlo para saber. No podía contenerse porque lo había echado tanto de menos… puso todo su dolor en aquel beso, y de pronto todo cambió. El calor que comenzó a sofocar su cuerpo no se parecía a ningún otro. ¡Sí! Aquello era lo que necesitaba. Sentir su pasión, quemarse de nuevo en el fuego que se encendía siempre que estaban juntos.

Pero él de pronto se separó y abrió la puerta del coche.

–Ven conmigo –dijo, y salió tan deprisa en dirección a la rosaleda que a ella le costaba trabajo seguirlo.

–¿Pero qué…?

–Dijiste que me querías. Que querías que te dejara amarme. Pero eso no es suficiente. Tú también necesitas amor, Gracie. Y yo te amo. Te quiero. No soy muy bueno en esto, pero mejoraré.

Ella lo miraba en silencio.

–¿Me has oído, Gracie? Te quiero. Te quiero de verdad.

–Rafe…

–Sé que hace poco de todo esto, pero necesito…

Se interrumpió y sacó una pequeña caja del bolsillo del pantalón.

–Rafe…

–Por favor, Gracie –le pidió de rodillas–, cásate conmigo.

Tuvo que taparse la boca para no reír. No estaría bien en aquel momento. Pero sintió deseos de hacerlo aunque otra lágrima le rodase por la mejilla.

–¡Es ridículamente grande! –exclamó, viendo el anillo.

–Lo sé –contestó, y también sonrió–. Puedes reírte si quieres. Es que no quería que se pudiera tomar por otra cosa.

–¿Qué otra cosa? ¿Un contenedor marítimo?

–Un ancla. Quiero que puedas mirarlo y que sepas que estás segura. Que tienes un hogar conmigo.

Más lágrimas acudieron a sus ojos.

–Sé que no te gusta que te regalen joyas –continuó–, así que pensé que iba a tener que resumirlas todas en una: un diamante escandalosamente grande que puedas llevar para siempre.

Para siempre…

Gracie se dejó caer de rodillas delante de él y lo besó delicadamente en los labios.

–Es precioso. Te quiero. Solo me he reído porque estoy nerviosa y porque estás de verdad aquí y porque me desbordas. Fue así desde el momento en que nos conocimos. Y no me puedo creer que esto esté sucediendo. No puedo esperar a colocarme este anillo… ¿cómo has dicho? Escandalosamente grande, porque así sabré que es real. Es un ancla perfecta para mí. Quiero estar contigo.

Le temblaban las manos, pero a él también, y tardó más de lo que debería haber sido necesario porque entre medias se besaban, se acariciaban, se quitaban la ropa.

–Te he echado de menos –dijo él, colocándola debajo de su cuerpo para penetrarla con firmeza–. Tanto…

–Sí –gimió ella cuando se sintió llena. Una y otra vez la completaba. Y entonces tuvo la certeza de cuánto la amaba–. Creía que lo tenía todo bajo control, ya sabes… eligiendo mi nombre, mi hogar, mi trabajo… pero tenías razón. Estaba huyendo, escondiéndome, fingiendo que todo era fantástico cuando en realidad no lo era. Quería poder elegir, y te elijo a ti. Y no quiero hacer lo que hicieron mis padres. No quiero que te quedes porque yo lo diga y donde yo diga. Sí, adoro esta villa y Bellezzo, pero sé que tienes compromisos y quiero estar contigo, sea donde sea.

–Entonces lo lograremos. La villa es perfecta para ser nuestra base, ¿no? –sonrió–. Tiene un montón de habitaciones, y hay sitio de sobra para… ¿cuántos eran? ¿Cuatro niños?

–¿Lo dices en serio? Nunca has querido tener hijos.

–Si es contigo, tendré cuatro –su sonrisa se volvió pícara–. Quiero verte embarazada. Quiero ver cómo derramas amor sobre nuestros hijos, todo el amor que yo no tuve. Sé que yo también podré hacerlo porque tú me ayudarás. Puedo aprender. Quiero aprender. Y quiero que mis hijos tengan hermanos, y quiero enseñarles cómo un hombre debe amar a su mujer. Y tú harás lo que quieras en nuestra cocina. Quiero que lo tengas todo.

–¿Todo? Tengo el sueño de casarme contigo aquí, en la rosaleda –dijo sonriendo–. Tengo unos recuerdos maravillosos relacionados con estas rosas.

–*Caramellina*, nada me gustaría más, pero apenas

quedan rosas y no pienso esperar casi un año para casarme contigo.

—Entonces, ¡hagámoslo cuanto antes! Creo que a Alex aún le quedan un par de rosas que podría llevar, y conozco una pastelería en la que podrían hacernos la tarta.

—¡Hecho! Pero ahora no te me vas a escapar. Me temo que esta vez no vas a poder controlarte y va a ser rápido.

—Solo contigo —susurró.

—Me parece que también disfrutas yendo despacio.

Deslizó las manos por su espalda hasta alcanzar las nalgas y la colocó en la posición que él quería. Tan expuesta, tan vulnerable, tan suya. Ella se recolocó, pero él no la soltaba y muy despacio bajó la cabeza.

—Qué malo eres.

Pero tenía razón: disfrutaba también de ir despacio.

Una hora más tarde, Rafe murmuró:

—Deberíamos volver al pueblo a ver a Francesca y a Alex. Estarán preocupados por ti.

El corazón se le inflamó porque sabía que tenía razón. Sus amigos se preocupaban por ella. Y él, también.

—Eso estaría bien, muy bien.

Dejó descansar la cabeza sobre su pecho y cerró los ojos. Había encontrado su hogar y él, el suyo… uno en el corazón del otro.

**Era la única mujer que lo había retado…
¡y con la que se iba a casar!**

HERENCIA DE HIEL

Dani Collins

El multimillonario Gabriel Dean era tan escandalosamente rico que cuando Luli Cruz, un genio de los ordenadores, utilizó sus habilidades para pedirle un rescate a cambio de su herencia, su audacia solo le divirtió. La inocente Luli necesitaba a Gabriel si no quería quedarse sin trabajo y la solución de este fue casarse con ella para que ambos tuviesen el futuro asegurado. No obstante, al introducir a la sorprendida Luli en su lujoso mundo, Gabriel descubrió que la química que tenía con su inocente esposa era impagable…

DESEO

*Lo único que ella deseaba
era hacerle sufrir*

Corazón culpable

JANICE MAYNARD

Desde que J.B. Vaughan le rompió el corazón, Mazie Tarleton se había vuelto completamente inmune a los encantos del atractivo empresario. Había conseguido ponerlo en su sitio y era el momento de la revancha, hasta que un instante de ardiente deseo los pilló a ambos por sorpresa. De pronto, los planes de venganza de Mazie se complicaron. ¿Sería capaz de disfrutar de aquella aventura que la vida le brindaba o lo que sentía era ya demasiado fuerte?

Bianca

**Ella era tan pura como la nieve de invierno…
¿conseguiría redimirlo con su inocencia?**

LA REDENCIÓN DEL MILLONARIO

Carol Marinelli

Abe Devereux, un carismático magnate de Manhattan, era conocido por tener el corazón helado. Así que cuando conoció a Naomi, una niñera compasiva que estaba dispuesta a reconocer la bondad en él, le pareció una novedad… ¡Igual que la intensidad de la innegable conexión que había entre ambos! Abe era un hombre despiadado y quería que aquella tímida cenicienta se metiera entre sus sábanas, pero ¿seducir a la amable Naomi sería su mayor riesgo o su mejor oportunidad de redención?

Natalie Anderson
SU INOCENTE CENICIENTA

Gracie James se moría de vergüenza cuando Rafael
Vitale la encontró. ¡Se había colado en su lujosa villa
de Italia! Y después no había sido capaz de negarse
a acompañarlo a una fiesta exclusiva a la que estaba
invitado.

Le bastó con ver la peligrosa intensidad de su mirada para saber que estaba jugando con fuego. Aquel
playboy solo le prometía a Gracie, que aún era virgen,
una relación temporal, pero ¿iba a poder resistirse a
la fuerza de su sensualidad?

¿Se resistirá a su escandalosa proposición… o sucumbirá al placer?

PASIÓN SIN LÍMITE

ISBN-13: 978-1-335-75833-0

50499

9 781335 758330

EAN

1433

HARLEQUIN™
BIANCA™

$4.99 U.S.
PRINTED IN SPAIN